GOSTAR
DE
OSTRAS

GOSTAR DE OSTRAS

BERNARDO AJZENBERG

Rocco

Copyright © 2017 *by* Bernardo Ajzenberg

Direitos desta edição reservados à
EDITORA ROCCO LTDA.
Av. Presidente Wilson, 231 – 8º andar
20030-021 – Rio de Janeiro, RJ
Tel.: (21) 3525-2000 – Fax: (21) 3525-2001
rocco@rocco.com.br
www.rocco.com.br

Printed in Brazil/Impresso no Brasil

Preparação de originais
DENISE SCHITTINE

CIP-Brasil. Catalogação na fonte.
Sindicato Nacional dos Editores de Livros, RJ.

Ajzenberg, Bernardo
A263g   Gostar de ostras / Bernardo Ajzenberg. – 1. ed. – Rio de Janeiro: Rocco, 2017.

ISBN: 978-85-325-3077-6
ISBN: 978-85-8122-702-3 (e-book)

1. Romance brasileiro. I. Título.

17-42898   CDD-869.93
                                                      CDU-821.134.3(81)-3

Para a Anna e a Paula, que gostam
— sempre gostaram — de histórias.

"A vida é uma longa preparação para algo que nunca acontece."

W. B. Yeats

0

O velho Marcel chegou fazendo estardalhaço. Deve ter sido uma noitada e tanto. Na idade dele, com a trajetória dele, é mesmo de causar inveja. Fosse eu um vizinho rabugento, teria todos os motivos para ligar para a portaria e reclamar com o zelador ou pegar uma vassoura e bater forte com ela no teto da minha sala para ele ouvir no chão da dele, e ainda gritaria "cale a boca, cacete!". Não é a primeira vez que apronta. Mas quem, em sã consciência, mesmo sendo doentiamente sensível a ruídos externos, teria coragem de entrar com alguma queixa contra o velho Durcan? Espero dez, quinze minutos, não sei quanto tempo. Depois de uma descarga no banheiro e uma última gargalhada, essa risada inimitável, plena, tonitruante, invasiva, que cessa tão subitamente como havia começado, o silêncio está de volta. E eu retorno para a cama aliviado, apaziguado, sabendo que esta será minha última madrugada por aqui.

1

Há pouco menos de um ano, esse alívio, confesso, teria sido impossível. Não por causa dos Durcan, que ao final obviamente sempre silenciavam, mas porque eu mesmo não estava em condições de administrar, como se diz, uma noite interrompida. Era um desastre. Sempre que uma erupção noturna como essa acontecia, eu não só sentia vontade de subir, arrombar a porta e atirar o casal Durcan pela janela, como passava o resto da noite dominado por uma sensação que já era uma velha conhecida minha: a de constatar, mais uma vez, sob o impacto da insônia, o contraste entre a fúria feliz dos Durcan e a precariedade dos meus dias carregados de melancolia, muita prisão, sombrios, talvez até mesmo depressivos, sem que eu conseguisse identificar causas materiais ou acontecimentos, ou ainda ocorrências de natureza espiritual capazes de explicar ou justificar a condição doentia em que me encontrava.

Não que esse estado excluísse todo e qualquer momento de conforto, de euforia até; estes existiam, porém numa proporção tristemente abaixo de qualquer consideração relevante em termos estatísticos, estavam no traço. Cedendo ao meu apego jornalístico por números, eu contabilizava, em meio a banhos mornos e sem graça, essa alternância tão desequilibrada, e para mim injusta, estabelecendo uma relação entre tempo e sensação. Eram contas simples: uma semana, tendo sete dias, distribui-se em cento e sessenta e oito horas. Descontadas sete horas diárias de sono – uma de minhas raríssimas conquistas ainda intocadas, salvo nas noites em que os Durcan aprontavam das suas, sobravam cento e dezenove "horas úteis". Não estaria exagerando se dissesse que, desse total, cento e cinco horas, ou seja, oitenta e oito por cento, se dividiam entre o que eu chamo de "momentos neutros", cerca de sessenta horas semanais (ou cinquenta por cento das "horas úteis") e os chamados "momentos melancólicos", com quarenta e cinco horas por semana (ou seja, trinta e oito por cento das "horas úteis"). Qualquer criança pode deduzir, a partir daí, como eu fazia naqueles banhos mornos, qual era o percentual de "momentos de bem-estar": doze por cento das "horas úteis", o equivalente a duas horas, em média, por dia.

Consciente da gravidade representada por essas estatísticas, eu hoje me pergunto: quem pode aguentar uma combinação como essa por muito tempo? É provável que os sons vindos do andar de cima em certos momentos do dia incrementassem de forma mais ou menos subliminar esse desconforto: a água descendo pelo encanamento, o salto alto de Rachelyne (sempre tiveram alguns tapetes, os Durcan, mas estes não só são finos demais – estilo *kilim* –, como também a sua distribuição pelos cômodos não atenuava em nada o meu problema; além do que, desde o início, eles sempre mostraram predileção por piso de madeira, repelindo qualquer hipótese de cobrir seu apartamento com carpetes); o deslocamento de móveis, realizado tão constantemente que parecia de propósito, só para me irritar; e as brigas, nem tão raras como se poderia imaginar em se tratando de um casal de idosos.

Com o tempo, aprendi a distinguir, por exemplo, qual dos dois estava no banho. Isso aconteceu sem querer. Como eu disse, a água descia pelo cano, audível dentro do meu banheiro. Certo dia, ouvi um grito de Marcel chamando pelo gato – que ganhara o simpático nome de Zeca, bem brasileiro, não por acaso, como se verá – e deduzi que quem estava sob o chuveiro era Rachelyne (eles nunca foram do tipo de gente que deixa um chuveiro ligado com água escorrendo sozinha). Depois que ela fechou as torneiras, foi a vez de Marcel, e ficou fácil notar como o banho dele era curto – e assim esse ritual se repetiu várias vezes, convencendo-me, então, da existência dessa diferença de tempo de cada um no banho. De modo que a minha estatística das horas mais ou menos vivas ganhava em consistência, também, com a colaboração dos ruídos dos Durcan.

Não há dúvida de que, ao contrário da aventura deles, o cotidiano de um jornalista especializado na indústria de transporte, como eu, não teria potencial de causar inveja a ninguém. É um setor da economia avesso a grandes turbulências (a aviação, esclareça-se, está fora do meu escopo – perdão pelo jogo de palavras...), com uma gestão ainda muito familiar e tradicional, pelo menos no Brasil. Além disso, trabalho em uma revista modesta, com uma redação minúscula, igualmente tradicional e familiar, na qual eu e mais dois colegas passamos longas horas buscando assunto ou, com mais frequência, "navegando" na internet. O que não significa que tenha sido sempre assim: esse mesmo ofício, na mesma revista, não só me permitiu conhecer Mariana, sem dúvida a melhor fotógrafa freelance especializada em meios de transporte e sobre a qual pretendo falar bastante aqui, como também, devo admitir, proporcionou-me algumas pequenas compensações que, de alguma forma, desanuviavam, ainda que temporariamente, o esmorecimento estrutural que me assombrava. Sem esse trabalho, jamais teria viajado a Manaus, por exemplo, onde fiz a cobertura, no ano retrasado, de um encontro nacional de navegação de cabotagem que me valeu belos passeios ao longo do rio Amazonas – onde vi pescadores de uma ousadia absurda mergulharem nus nas águas atrás de peixes enormes, ou uma moradora paupérrima da beira do rio me oferecer, ao lado do marido, um prato de uma espécie de pirão que comi em dez segundos de tão delicioso que era. Ou nunca teria viajado a Caxias do Sul, no outro extremo do país, cidade conhecida por abrigar grandes fabricantes de carrocerias de ônibus e caminhões, no centro da qual, em um barzinho lúgubre, troquei anos atrás deliciosas carícias com uma assessora de imprensa local – ela era (aparentemente mal) casada com o secretário municipal da Cultura e não me omitiu essa informação em nenhum momento, ao contrário: isso de atuar com transparência parecia deixá-la mais excitada ainda, embora não tenha sido, essa, uma condição esquisita para mim e sim o fato de ela ser adepta e praticante do espiritismo, o que estava a tantos anos-luz de distância da minha formação, das minhas concepções e do meu cotidiano quanto a ideia de tentar fazer ruir o Pão de Açúcar, no Rio, a tapa, razão pela qual demorei a me envolver fisicamente, numa resistência involuntária que felizmente acabou sendo vencida pela vasta experiência carnal da referida assessora. Ou, ainda, a Presidente Prudente, quase fronteira com o Mato Grosso, berço de uma empresa de mudanças que, como estratégia de marketing, renova a cada cinco anos, de ponta a ponta, a comunicação visual de sua imensa frota, da qual, ao fazer uma reportagem, pude dirigir pela primeira e certamente última vez na vida um Scania gigantesco – uma experiência, devo admitir, assustadora: parecia estar pilotando um Boeing, guardadas as proporções, tamanha a estranheza, e devo confessar que não consegui fazer nenhuma manobra, sendo obrigado, para não passar muita vergonha, a pelo menos levar o monstro em linha reta até o portão da empresa, temeroso de não ter forças para freá-lo na hora certa.

Em que pesem esses momentos de furtiva recreação, o balanço geral é inequívoco: uma ausência de perspectivas banhada a tédio, sono e inércia, nas proporções estatísticas acima mencionadas. O silêncio sob os meus lençóis à noite era tanto que antes de adormecer eu chegava a ouvir o tique--taque do relógio de pulso, ganhado há quase vinte anos de presente pelo meu *bar-mitzvá* e que deixava sobre o criado-mudo.

Some-se a isso tudo a minha tão refinada educação, e a vontade que às vezes me acomete de me aproximar da beira de um abismo estará prestes a ser compreendida. Embora tenha feito a faculdade de direito no Largo São Francisco, meu pai não exerceu a não ser por dois ou três anos a profissão de advogado. Apesar da oposição de meu avô, que fundou nos anos 1960 um pequeno comércio de material elétrico na Vila Romana e sonhava ver o filho subir na vida como profissional liberal, meu pai preferiu ficar onde estava e assumiu a loja, que cresceu consideravelmente nos anos 1980, inclusive com a ajuda direta da esposa. Essa opção se deu justamente depois de conhecer minha mãe, que morava em Porto Alegre, no bairro do Bom Fim, por ocasião de uma viagem de negócios que ele fizera a pedido de meu avô.

Logo decidiram casar, ela mudou para São Paulo e meu pai, temeroso de não poder sustentar a família como advogado novato e sem querer depender mais do meu avô, preferiu a vida de comerciante. Eu não me dava conta disso, mas o fato é que o nosso dinheiro era contado, restrito. Uma vida simples, cujos momentos mais elevados, além dos jantares às sextas-feiras na casa de meu avô, no Bom Retiro, eram as festas de aniversário – minhas e de Suzana. Nas manhãs de sábado – dia de maior venda –, eu e minha irmã ajudávamos na loja desde as oito da manhã.

A grande mudança aconteceu em meados dos anos 1990, quando um português de aparência despretensiosa fez uma oferta irrecusável e, mais uma vez contrariando meu avô, que morreria por coincidência poucos meses mais tarde, meu pai finalmente vendeu o negócio – no seu lugar desponta hoje um prédio de conjuntos comerciais de quinze andares – e nos mudamos para Moema, para um apartamento bem maior. A essa altura, eu já estava na faculdade de jornalismo e Suzana fazia o cursinho para o vestibular de educação ambiental. Depois disso, meu pai pegou parte do dinheiro e se associou com um primo dele que mantinha uma loja de carros usados na rua Clélia, no coração da Lapa. Com o aumento do poder aquisitivo da classe média e daquilo que os economistas e técnicos chamam de "camadas inferiores da sociedade", enfim, a sensação de melhora que o país conheceu naquele período (estou falando, no caso, do ano de 2008), o negócio deu certo. Mas logo depois, pincipalmente por razões que ficarão claras mais adiante, meu pai – ainda que não o seu negócio – caiu por água abaixo.

Dos meus trinta e três mil genes, certamente quase cem por cento reproduzem o temperamento – para não falar da aparência física – dos meus genitores, vale dizer: nada de ostentação, nenhum projeto mais ambicioso que não seja a manutenção do dia a dia. Falo baixo, e pouco; sou cortês; ligo dia sim dia não para eles, principalmente na hora do jantar, quando sei que encontro os dois juntos comendo com a televisão ligada, isso sem contar que almoço com ambos irremediavelmente todos os domingos; respondo aos e-mails com extrema diligência e rapidez (até me flagro às vezes ansioso para preencher o quanto antes os questionários de satisfação com esse ou aquele serviço prestado); ouço pouca música – é um dos gostos que não desenvolvi ao longo do tempo –, portanto sou silencioso; no futsal, que pratico duas noites por semana na Associação Cristã de Moços da rua Nestor Pestana, registro certamente a menor média de faltas cometidas por partida, não só da minha turma, mas, creio, de toda a ACM. E por aí vai. O pior: tenho consciência de que isso tudo, embora me mantenha discreto, quase invisível – o que não deixa de ter lá suas vantagens –, não pode me fazer bem eternamente. E é impossível que essa mistura apenas potencialmente explosiva não colaborasse para alimentar a mornidão existencial que me caracterizava.

Embora, talvez por pudor ou medo de ser visto com desprezo, hesite em abordar o assunto, não posso deixar de considerar como um fator essencial desse meu estado, também, a constatação de que a minha vida sexual vinha sendo precocemente nula nos últimos anos. Não tenho a beleza de um Ryan Gosling, muito menos o físico de um Usain Bolt – nem preciso dizer –, mas também não sou desprovido de charme e devo acrescentar que sempre tive facilidade, no passado, para me insinuar e chamar a atenção feminina. Com efeito, em meio à situação de desconcerto que me deixava atolado mentalmente, encontrava até um certo consolo em lembrar que aos vinte e cinco anos eu já tinha ido para a cama com uma quantidade de mulheres que certamente muitos homens – mesmo solteiros convictos – jamais imaginariam poder alcançar ao longo de uma vida inteira – e isso, é importante dizer, em uma era quase imediatamente pós-descoberta da Aids, meados e final dos anos 1990, começo do ano 2000, quando a paranoia provocada pela existência do vírus ainda imperava em qualquer relacionamento. Posso garantir que me tornei um especialista no uso da camisinha e que ensinei muitas mulheres a fazerem o mesmo da forma mais lúdica e agradável possível comigo e com os seus eventuais outros parceiros. Mas essa desenvoltura como que travou subitamente a partir de 2008, e lembro bem o momento, não só por causa do motivo presumido – sobre o qual falarei mais adiante – desse esfacelamento sexual, mas também porque ele se expressou justamente quando estava na cama, debaixo de um jogo de lençóis deliciosos, com uma loira gaúcha de corpo, digamos, impecável que eu tinha conhecido poucas horas antes em um bar do Paraíso, e, pela primeira vez, não consegui levar o *ato* adiante. Tanto ela quanto eu ficamos muito surpresos, mas principalmente eu. Ela perguntou, delicada e carinhosamente, "Você é gay?". E eu respondi, de forma natural, que não, sem hesitar, dizendo apenas que não estava entendendo aquilo e que não era certamente por culpa dela que meu corpo reagia (ou não reagia) daquela forma. Depois de um relaxamento e de uma troca de carícias mentais e físicas daquelas de quem não gosta de desperdiçar uma noite a dois, seguimos em frente, ali, com os recursos que todos temos para levar adiante o *ato*, até mesmo com orgasmo, no caso, o dela, sem uma ereção masculina – e foi tudo muito bom. Mas fiquei intrigado e, nos meses seguintes, não pensava em outra coisa.

Minha conclusão, naquele período, foi de que estava cansado de me relacionar daquela maneira, que talvez preferisse inaugurar outro caminho: encontrar uma mulher com quem pudesse, por decisão conjunta, dispensar o preservativo e, portanto, ter filhos; simples assim. É algo, devo dizer, que a entrada do casal Durcan e de toda a sua história em minha vida só fez acentuar. Mas o buraco, como se diz, estava bem mais embaixo. A verdade é que até ali eu não tinha realizado a dimensão do impacto da morte de Suzana sobre mim.

2

Um dos muros laterais do meu condomínio, aquele que fica à direita de quem entra da rua em direção ao prédio, é coberto por uma espécie de trepadeira amalucada, dessas que parecem sempre desesperadas para encontrar algum caminho, crescendo muitas vezes em direção ao nada, como dedos longos, finos e aflitos, o que obriga a uma manutenção constante por parte do jardineiro, cujo trabalho, aliás, nem sempre é bem-sucedido, a não ser num curtíssimo prazo, pois a planta volta a ficar bagunçada poucos dias depois da sua presença. O que mais me intriga, porém, é o fato de essa trepadeira, apesar de seu espírito caótico, dar uma flor roxa que brota em cachos, de um roxo claro e ao mesmo tempo profundo, inegavelmente belo. É, portanto, uma planta rebelde, inquieta, irritante, cuja flor, no entanto, constitui um ser hipnotizante para os olhos, quando não um calmante natural para o corpo todo.

É um prédio novo, do lado, digamos, menos nobre da rua Bela Cintra, construído junto com outras dezenas deles no começo dos anos 2000 no quadrilátero formado entre a avenida Paulista e a praça Roosevelt, tendo como limites laterais a rua da Consolação e a avenida Nove de Julho. O aluguel cabe muito bem no meu bolso, especialmente depois da promoção que tive, passando de repórter a editor na revista onde trabalho, mas esse não foi o motivo principal da escolha do lugar. Na verdade, foram outras razões de ordem prática que me fizeram adotar essa opção: ele fica bem mais perto da revista, onde trabalho há sete anos e que ocupa quatro salas de um edifício quase vizinho ao Parque Trianon, na Paulista, do que a casa dos meus pais, em Moema, de onde saí há exatos oito anos, e do que a espelunca onde vivi entocado, em pleno Bixiga, até encontrar este lugar; além disso, é uma região movimentada a qualquer hora do dia ou da noite, o que representa uma alternativa de vida quando esta se torna insuportável – quer dizer, eu não aguentando mais a mim mesmo – dentro de casa.

Como a maior parte dos condomínios erguidos em São Paulo nos últimos anos, o meu também possui uma área comum generosa no térreo, com sala de ginástica (a "academia"), salão de festas, uma lavanderia a ser compartilhada, espaço para fazer churrasco, uma piscina (uma raia, na verdade). Esse é o lado bom do empreendimento, conscientemente planejado. Mas, por outro lado, há o aspecto negativo: os apartamentos são como caixas de sapato, como se diz, minúsculos e, o que é pior, feitos com um material que não impede que você escute muitos dos ruídos produzidos pela vizinhança, em especial do apartamento imediatamente superior ou inferior ao seu. No meu caso, estando o de baixo vazio – dizem que o proprietário quer um valor excessivo pelo aluguel –, levo alguma vantagem e posso fazer o barulho que quiser, pelo menos no que diz respeito aos sons que obedecem mais à lei da gravidade (como deixar cair um cinzeiro no chão, por exemplo), pois, como já ficou claro, eu não saberia produzir ruídos mais constantes ou contundentes; em contraponto, sempre tive literalmente sobre mim nada mais nada menos do que o casal Durcan.

Marcel e Rachelyne moravam havia seis meses neste prédio quando me mudei para cá. A primeira imagem que guardo deles é dos dois sentados nas espreguiçadeiras que se estendem ao longo do muro da trepadeira tresloucada. Aparentemente, tomavam sol, ambos de olhos fechados, com algumas páginas de jornal espalhadas pelo vento sobre a pequena faixa de grama. Soube, mais tarde, por um dos porteiros, que só eles usavam aquele cantinho; nenhum morador parecia apreciar o seu valor, razão pela qual aquela área se fixou em minha mente como uma espécie de espaço privado dos Durcan.

Parece inacreditável, mas até hoje, passados quase dois anos desde que estou aqui, conheço no máximo três ou quatro vizinhos. No meu andar, o único com quem já cruzei é o rapaz do 83 que, pelo aroma reinante nos cinco ou seis metros cúbicos do corredor mais próximos da sua porta, passa o dia inteiro fumando maconha, não sei se concomitantemente a alguma atividade profissional em *home office* ou não. Meu isolamento, que é em grande parte, admito, voluntário, desejado, cultivado, preservado, só foi quebrado justamente no segundo dia depois da minha chegada ao prédio, quando, na volta do trabalho, encontrei na porta do apartamento uma sacola com uma garrafa de vinho tinto francês e um bilhete dentro de um envelope pequeno: "Prezado senhor Jorge Blikstein, boas-vindas. Seus vizinhos de cima (91), Rachelyne e Marcel." Não poderiam deixar melhor impressão inicial para mim, mas, ao mesmo tempo, como nas primeiras vinte e quatro horas de casa nova eu já havia notado a quantidade excepcional de decibéis que eles produziam, também raciocinei que o presente poderia ser uma forma simpática e educada, não necessariamente hipócrita, pois de hipócritas eles nunca tiveram nada, de dizer: olha, fazemos barulho, você vai ter de conviver com isso, mas também somos do bem, somos civilizados. Como não bebo vinho sozinho, guardei a garrafa para uma ocasião qualquer.

Duas ou três semanas depois, houve uma reunião de condomínio. Como inquilino, não era obrigado a comparecer, nem tinha direito a voto algum, mas confesso que em determinados momentos, mesmo evitando contatos permanentes, eu fazia de tudo – mesmo os maiores absurdos, como esse de comparecer a uma reunião de condomínio, ainda mais sendo inquilino e não proprietário – para escapar da minha solidão. E ali, no salão de festas do térreo, pude ver, de cara, quem eram Marcel e Rachelyne: simplesmente tomaram conta do encontro, do início ao fim, polemizando sobre tudo, até sobre a ordem do dia, como se estivessem em uma assembleia partidária convocada para decidir a invasão de um Palácio de Inverno qualquer. Havia no máximo vinte pessoas na reunião, e os demais moradores, assim como o representante da administradora, não pareciam levá-los muito a sério.

O síndico, um senhor enorme, bonachão, vestindo uma camiseta do Palmeiras bem apertada, ouvia-os com atenção, ironizando suas colocações, como se soubesse do grau praticamente zero das consequências que poderiam ter para o condomínio as longas falações do casal. Além da eterna inadimplência de alguns condôminos, a reforma dos banheiros do térreo era um dos temas principais do encontro, embora a mim parecesse ridículo pensar naquilo em se tratando de um prédio com menos de cinco anos de existência. Mas falava-se em vazamento de um pedaço do jardim para dentro da garagem, azulejos rachados, não sei mais quantas coisas. Havia algo de teatral na performance dos Durcan, o que tornava a reunião de condomínio bem menos sem graça e insuportável do que seria sem a sua participação.

Acho, hoje, que eles também estavam ali, na verdade, para se divertir. A rigor, nem sequer me lembro do que foi decidido na ocasião — creio que a reforma dos banheiros ficou para o ano seguinte por falta de verba e de consenso em relação à sua urgência —, mas a energia dos franceses transformou o evento em algo inesquecível para mim. Já eram quase onze da noite quando o encontro chegou ao fim. Antes de subir para o meu apartamento, resolvi me apresentar para Marcel e Rachelyne, agradeci o vinho e, com uma cordialidade ingênua da qual me arrependeria amargamente mais tarde, disse que não se preocupassem, que eu estava acostumado com barulhos e que eles, portanto, não precisariam limitar os seus movimentos por minha causa.

3

Não muito tempo depois dessa primeira reunião, eu voltava da feira carregado de sacolas, cabisbaixo, arrastando-me no hall do condomínio, quando Marcel, que acabara de fazer uma caminhada, me abordou com seu sotaque francês e foi direto ao ponto:

— Quem tem de andar são as pernas, Jorginho. Elas é que puxam o corpo, elas é que sobem as escadas. Não é o tronco, muito menos a cintura ou a coluna. Desse jeito você vai acabar corcunda, arrebentar a espinha dorsal ou criar uma dor crônica nas costas.

Não entendi bem o que ele quis dizer. Muito menos por que me chamava de Jorginho. Embora ele já tivesse passado dos oitenta — era visível, não só pela cabeleira branca, mas pela pele sofrida do rosto e o corpo ligeiramente encurvado —, eu, naquele ano, já tinha atingido a trintena, e, além disso, não sou propriamente pequeno, ainda mais perto de Marcel e de Rachelyne: ele deve ter um metro e sessenta e cinco no máximo, e ela com certeza nunca chegou a um metro e meio, mesmo no auge da sua estatura. Depositei as sacolas no piso de pedra mineira e sorri amarelo, depois de enxugar o suor com a manga da camisa. De fato, sentia dor nas costas, e só então entendi que o esforço de subir a pequena rampa – construída em obediência à legislação de "acessibilidade", portanto pouco íngreme embora longa – que ligava a rua ao hall do elevador não fora efetuado pelas coxas, mas pela lombar, que agora ardia como se alguém a esticasse por dentro ou tivesse espetado uma agulha com pimenta malagueta na ponta das costelas inferiores. Mesmo assim, recusei a oferta de Marcel de assumir parte da carga. Respirei fundo, apertei os olhos e pressionei o botão do elevador, enquanto o francês, de sandálias havaianas e bermuda, se afastava para a rua sem se despedir. Na cabine, registrei a lição, que me obrigava a pensar também em como reforçar a musculatura das pernas. Planejei pedir dali a algum tempo autorização a Marcel para acompanhá-lo nas caminhadas matinais que ele dizia fazer todos os dias no Ibirapuera. Porém, quando o elevador chegou ao oitavo andar, perdi o fio do raciocínio, como se este tivesse evaporado sem ter tido tempo de iniciar a construção de um elo, ínfimo que fosse, entre ideia e ação, ou entre a concepção e o planejamento de um ato, de modo que, enquanto despejava as compras na cozinha, o assunto simplesmente desapareceu da minha cabeça.

Foi em tom semelhante que, uns dois meses mais tarde, Marcel me presenteou com uma outra "dica" (palavra de Marcel):

– O nosso dia começa de noite, Jorginho!

No mesmo local, o hall de entrada social do nosso prédio, ele sugeriu, então, que eu jantasse o mais cedo possível, comesse o menos possível, para dormir o mais cedo possível, da melhor forma possível – isso tudo, para permitir que o corpo se "restaurasse" apropriadamente durante o sono e eu pudesse, assim, acordar como se estivesse sempre de férias, da melhor forma possível.

Parecia mais uma receita óbvia, de almanaque, como tantas outras, mas eu tomava o cuidado de anotar essas e outras recomendações em um caderno de espiral que deixava aberto na mesa da cozinha. Cheguei também a copiar algumas dessas dicas em Post-its amarelos distribuídos estrategicamente em certas paredes do apartamento, inclusive no banheiro. Mas não colocava nenhuma delas em prática. E quando, contrariado comigo mesmo, questionava no espelho o motivo dessa letargia, não encontrava respostas – o que não era algo tão despropositado nem raro já que havia algum tempo, desde a morte de Suzana, minha irmã, atropelada aos vinte e um anos de idade por uma caminhonete em plena avenida Paulista numa tarde tranquila de sábado (nada mais improvável do que isso, não fosse o fato de o motorista do veículo estar completamente embriagado), uma espécie de claustrofobia interna se injetara em mim, deixando meu corpo cego apesar de eu não sofrer de nenhum tipo de limitação real no campo visual. Demorei a entender que, no fundo, a própria morte de Suzana, mais precisamente, a maneira como reagi a ela, causara todos os meus desconfortos, inclusive aquele relacionado ao desempenho sexual a que me referi páginas atrás.

Aliás, quando afirmei que minha vida sexual era nula, incorri em uma meia verdade. Afinal, sempre resta o autoerotismo, a velha e tão estigmatizada masturbação. E devo dizer que fiz uso dela, naqueles momentos, de forma quase compulsiva, aplicando todos os métodos que aprendera desde muitos anos atrás, quando fui iniciado na prática por um colega de ginásio da escola judaica da Vila Mariana, onde fiz o chamado ensino fundamental. Eu estava com doze anos, lembro muito bem, e tinha quebrado uma perna jogando futebol, e Walter – era o nome dele –, que até então nem fazia parte da lista estreita de meus amigos mais próximos, veio me fazer uma visita na semana em que eu não podia sair de casa. Na verdade, apareceu ali a pedido da professora de matemática, que sabia das minhas carências na matéria e não queria que eu me atrapalhasse ainda mais – e Walter era, sem dúvida, o mais aplicado de todos nós na disciplina. Realizadas as devidas lições de casa, não sei bem como surgiu entre nós o assunto "meninas" e ele, de supetão, me perguntou se eu sabia o que era masturbar. Embora eu já tivesse me esfregado prazerosamente com várias garotas – e elas em mim, evidentemente – em bailinhos diversos ou em um ou outro recreio jogando queimada; e até com uma ou outra das nossas pacientes e nem sempre ingênuas empregadas, que meus pais contratavam, apesar de tudo, com zelo absoluto; ou mesmo sentindo certa vez uma coceira extremamente agradável nas partes quando um vira-lata que nós tínhamos em casa cismou em bisbilhotar, insistentemente, minhas partes íntimas; apesar disso tudo, o fato é que eu nunca tinha ouvido aquele verbo e muito menos fazia qualquer ideia do que a palavra significava na teoria e na prática. Walter sugeriu que fôssemos ao banheiro.

Nem lembro se tranquei a porta. Sentado na beirada da banheira de ladrilhos amarelos, enquanto eu me acomodava sobre o vaso sanitário, ele pôs o seu membro para fora e começou a atiçá-lo lentamente. "Olha bem", ele dizia, e eu olhei bem e vi como aquilo começou a crescer. Walter avançou nos gestos, gemia, não se conteve, gritou "ah, hummm, ahhhhh...", e só silenciou, jogando a cabeça para trás, quando o líquido branco e viscoso se espalhou na sua mão direita, numa miniexplosão que me pareceu a coisa mais inusitada que eu havia visto acontecer no corpo de alguém. Depois do êxtase, voltando a si, ele me disse que aquilo era se masturbar, aquilo era masturbação, e que eu precisava aprender. Tentei imitá-lo na hora, mas não consegui. Acho que a sua presença me intimidava, havia um certo nervosismo, ou era o medo de estar fazendo algo pecaminoso – mesmo que apenas virtualmente – e ser flagrado por meu pai ou minha mãe, ou por

Suzana, que tinha nove anos na época. De qualquer maneira, eu tinha certeza, ali, de que aprendera uma das coisas mais importantes da minha vida – para o bem ou para o mal, mas isso é assunto para um outro momento.

À noite, na cama, seguindo o passo a passo ensinado por Walter – um menino que mais tarde se tornaria, sem dúvida, o meu melhor amigo e que ficou guardado em minha mente a partir daí como uma corrente humana entre a abstração dos números e a matéria bem concreta do esperma –, pude confirmá-lo plenamente: sim, tinha aprendido algo muito importante.

Mais recentemente, no entanto, aos trinta e poucos anos, recorrer a essa prática depois de ter passado tanto tempo sem precisar dela começou a me parecer algo muito incômodo, para não dizer anormal, mesmo considerando as diversas técnicas de autossatisfação que pude aprimorar ao longo dos anos ou considerando a capacidade de prolongar o prazer quase indefinidamente quando bem entendesse. Solteiro, com um salário razoável como repórter mediano, sem grandes despesas, sempre me sobrou algum dinheiro no fim do mês para gastar – e nos últimos anos vinha fazendo isso com prostitutas, resolução que acabei adotando de modo a fazer, como já disse, com que minha vida sexual não fosse totalmente nula. Não me tornei um obcecado, nem me considero viciado em sexo virtual ou em obter encontros usando esse ou aquele site, mas admito que duas ou três vezes por mês me entregava a essa atividade, e preferia fazer isso à sensação de retorno à adolescência que a masturbação passou a representar – perdendo, assim, grande parte dos seus atributos positivos –, ao menos no meu caso.

É evidente, para mim, no entanto, que nada disso jamais me satisfez verdadeiramente. Havia uma angústia no ar. Como se tivesse cansado de participar de uma disputa da qual eu sempre sabia que sairia vencedor – ainda que o placar da vitória, como ocorria com frequência cada vez maior, fosse ralo, e o troféu, esse sim, realmente nulo. Assim, deixei de lado também essa prática, mergulhando em uma espécie de vácuo no terreno sexual, até muito recentemente.

4

Cinco meses atrás, apareceu por aqui, de férias, para uma temporada de três semanas, Eric Petrovich. Trata-se de um amigo francês de longa data dos Durcan – embora, no caso deles, tudo seja, a rigor, de longa data. É um personagem do século XIX, poderia muito bem ter pertencido à geração de pintores impressionistas que mendigavam apoio nas ruelas de Paris ou de pequenas cidades do interior da França mais de cem anos atrás: cabelo rarefeito pintado de acaju, bigode e barbicha com poucos fios, mas também pintados de acaju, colete, óculos redondos com finos aros dourados. Tem menos idade que Marcel, creio que está chegando aos setenta, mas parece menos. Petrovich se diz "representante comercial" aposentado. Não sei o que isso pode significar, mas essa é uma das suas características menos importantes. Diz ser também tocador de harmônica de vidro – algo raríssimo, enfatizou olhando para mim quando nos conhecemos, numa noite de sexta-feira, na sala dos Durcan –, o que não pude comprovar. Segundo Marcel, ambos se conheceram na década de 1960 como integrantes de uma banda parisiense efêmera de *dixieland* na qual Petrovich tocava *washboard* e ele, Marcel, "enganava" (as aspas são dele) no banjo. Mesmo no calor tropical, Petrovich usava calça de veludo larga verde-musgo, sob chuva ou sob sol, e um boné também de veludo, porém preto.

Naquela noite, na casa dos Durcan, Petrovich contou que havia passado algum tempo em São Paulo nos anos 1960, "em plena ditadura", e que sentia saudades das perambulações que fazia pela Boca do Lixo, entre a Vila Buarque e o centro. Não entrou em detalhes, mas disse ter convivido, na época, com uma população esquisita, uma mistura de "ratos" (como ele lembrou que eram chamados os dedos-duros que trabalhavam para os órgãos de repressão) com uma "ralé", como ele mesmo dizia, indigesta. Boa parte do que ele contava podia ser mera invenção, é provável que fosse, mas como era saborosa a sua forma de contar histórias! Solteiro por convicção, foi Petrovich quem estimulou os Durcan a viverem alguns anos no Brasil.

Naquela sexta-feira, fui dormir excepcionalmente alegre, um pouco pela embriaguez – os Durcan sempre caprichavam no vinho –, mas principalmente porque Petrovich me inspirara, me mostrara uma espécie de vivacidade pueril, livre, tanto mais exuberante por ter sido transmitida por um homem cuja aura de mistério só fazia acentuar minha curiosidade em relação aos limites que ele poderia atingir, lançando-me, por isso, pelo menos em tese, o desafio de também romper com a barreira ofuscante da minha imobilidade. Por isso, não fiquei surpreso quando Marcel me ligou no final da tarde seguinte para fazer "um pedido especial".

– Petrovich quer voltar ali na Boca do Lixo, mas não conhece mais nada. E eu menos ainda, não é? Pediu para a gente ir com ele. Tem que ser hoje, Jorginho, porque amanhã ele vai para o Rio.

– Fazer o quê, Marcel?

– Ele quer conhecer, quer ver como andam, como são as putas de São Paulo, ora. Matar saudades!

Eu mesmo, como já expliquei, não frequentava os inferninhos, como são chamados. Não tinha o hábito de circular naquela região. Mas, na situação em que me encontrava, o desejo de Petrovich soou como um prêmio, o vislumbre de uma aventura, algo capaz de alterar a estatística de horas "úteis" do meu cotidiano modorrento. Aceitei o convite sem hesitação, para não dizer com excitação, mesmo sabendo que como guia de casas noturnas paulistanas eu certamente seria um fracasso.

Eram dez da noite, em pleno sábado, quando pegamos um táxi que nos deixou em poucos minutos na esquina da rua Bento Freitas com a Major Sertório. Petrovich fez questão de pagar a corrida. Depois de sair do carro como se fosse para adentrar alguma cerimônia majestosa ao ar livre antes da qual teria de desfilar por um longo tapete vermelho, olhou ao redor e, com olhar espantado, exclamou:

— Onde estão as putas de São Paulo, Jorginho? Aqui só tem travestis, Marcel!

É difícil acreditar, mas a verdade é que eu não sabia onde elas ficavam. Não conheço os segredos noturnos daquelas ruas. Como já contei, uma ou outra vez que me servi delas foi pela internet, buscando sites que ofereciam os seus serviços. Tentei explicar isso para Petrovich, que parecia inconsolado. Acendeu um cigarro com um isqueiro antigo, talvez folheado a ouro, deu algumas tragadas enquanto aguardava alguma resposta de Marcel. Meu amigo me olhou suplicante, esperando que eu me pronunciasse. Tudo o que pude dizer, em meio a um sorriso forçado, foi:

— Vamos dar uma volta, vamos procurar. Tem umas boates por aqui...

Confesso que me senti como um tonto, à beira da imbecilidade, por ter pronunciado tamanha obviedade. O olhar que Marcel me dirigiu, diga-se de passagem, não deixou nenhuma dúvida quanto a isso. Mas o próprio Petrovich, que não é do tipo que gosta de perder um programa, tomou a iniciativa, a dianteira, e, desprezando aparentemente a minha presença, começou a nos guiar, tateando, ele próprio, o ar pesado das calçadas da Boca do Lixo. Cruzamos com um número realmente inusitado de travestis, muito alegres, provocativos, mas a verdade é que, de fato, não havia mulheres por ali. Finalmente, depois de meia hora, entramos numa "espelunca" – palavra de Petrovich nas proximidades da praça da República, cuja fachada, parcamente iluminada por fios de neon vermelhos e azuis, nos engoliu em um único movimento, como a baleia fez com o velho Jonas, segundo consta, um "profeta menor".

Mal os nossos olhos tiveram tempo de se adaptar à luminosidade escassa, Petrovich já parecia íntimo do local. Sentamos a uma mesa de canto; ele pediu uísque para nós três. Vi como olhava e abordava as prostitutas com uma destreza extraordinária, improvável, com um sotaque carregado, mas também com um vocabulário em português que me surpreendeu. Eu e Marcel estávamos ali como figurantes, compondo um pequeno cenário para a atuação estelar de Petrovich, que aos poucos, talvez estimulado pelo uísque barato, tornava-se mais audacioso, mais solto. A boate tinha uma superfície não muito maior do que a área de um ônibus urbano tradicional.

À parte um senhor de óculos grossos e camisa xadrez, que parecia imobilizado com seu copo à mão a alguns metros de nós, éramos os únicos clientes, certamente os primeiros de uma noite que prometia ser longa. Petrovich ergueu o copo e fez um sinal na direção de uma loira baixinha, muito magra, de blusa preta e minissaia vermelha, que o encarava cheia de melindres desde a nossa chegada. Ela se aproximou e, sem nenhuma cerimônia, sentou-se na perna esquerda do nosso companheiro, não sem antes pedir uma cerveja gelada ao garçom atrás do balcão. Além dela, contei mais meia dúzia de mulheres, todas com minissaias coloridas, sendo duas mulatas, duas negras e duas brancas de cabelos castanhos, numa paridade certamente não planejada e por isso mesmo mais expressiva. Chamou-me a atenção, em especial, uma das brancas de cabelos castanhos que estava deitada em um sofá de dois lugares, de olhos fechados, uma imagem que, naquela penumbra, eu não pude distinguir se me lembrava um zumbi ou a Bela Adormecida. Eu me perguntava quantas delas estariam ali voluntariamente, digamos, para se divertir por vontade própria unindo profissionalmente o que seria útil ao que seria agradável, e quantas, ao contrário, dariam tudo para estar longe dali, sendo forçadas por algum rufião ou coisa que o valha a frequentar aquele lugar. Uma das mulatas se insinuou a distância para mim, mas eu não sustentei a nossa troca de olhares, continuando a beber do meu uísque e a especular sobre o destino daquelas moças.

Pouco depois, fui arrancado desse devaneio um tanto romântico, admito, e claramente diversionista – afinal, não era para isso que entráramos ali – por uma cena que se mostrava realmente fora de qualquer roteiro que eu pudesse ter concebido, mesmo como guia frustrado, para aquela noite: subitamente, Petrovich agarrou a loira pelo antebraço, começou a torcê-lo, até imobilizá-la com uma chave de braço. Achei que era uma brincadeira – a moça, inicialmente, também, mas ele não a largava, e certamente a machucava. A baixinha tentou se soltar – vi que suas colegas se punham de prontidão para acudi-la, assim como os dois homens atrás do balcão. Olhei para Marcel, que parecia não dar importância para o que estava acontecendo. Balbuciei alguma coisa em direção a ele, algo como:

– O que está acontecendo? O que ele está fazendo?

Mas, talvez por eu ter falado em voz muito baixa, certamente inaudível em meio à música no volume máximo que ouvíamos ali dentro, Marcel não respondeu nada, limitando-se a esvaziar a sua segunda dose de uísque e a olhar em seguida para o vazio, antes de fazer um sinal para que um dos homens do bar lhe servisse mais um copo.

Petrovich fez a jovem se levantar e disse:

– Vamos lá dentro.

Dali onde estávamos, na parte mais interna da boate, era possível ver com nitidez, através de cortinas de plástico transparente com alguns desenhos de asas de borboletas azuis, as duas ou três portas coloridas dos quartos dos fundos do lugar, reservados para a clientela. Fiquei perplexo com a obediência da moça, que avançou junto dele como se estivesse sendo levada para a cela de uma prisão. Entraram na porta do meio, que se fechou com rapidez, dando-me tempo apenas de ver que a iluminação do quarto era predominantemente verde.

Marcel agora se distraía trocando monossílabos com uma das mulheres, que se sentara ao seu lado e passava as mãos pela cabeleira branca dele como se se conhecessem há muito tempo. Ela também pediu uma cerveja, mas os dois não foram muito além daquela conversa protocolar. Pouco depois, talvez percebendo o meu constrangimento, ele se virou e disse:

– É um velho escroque, Jorginho. Mas eu gosto dele.

Interpretei, então, que Marcel estava ali apenas para dar apoio a Petrovich ou testemunhar as façanhas do amigo. E eu também. Apesar da aproximação de uma das mulatas, que se sentou ao meu lado depois de pedir uma dose de vodca – faz parte do negócio, concluí –, eu estava tão absorvido pela atividade de Petrovich que nem consegui sentir desejo ou mesmo reagir à sua abordagem profissionalmente desbravada. Ao contrário, fiquei apreensivo. Não sabia o que Petrovich estaria aprontando no quarto. Já se passavam vinte minutos que os dois tinham entrado ali. Marcel, de seu lado, parecia impassível. Hesitei mais uma vez em fazer alguma coisa. Mas, enfim, o fato é que eu era o mais jovem; estava diante de dois senhores que poderiam ser meu pai, até mesmo meu avô. E certamente, deduzi, não era a primeira vez que faziam aquilo.

Minha visão começou a ficar turva, senti vontade de pedir mais um uísque enquanto me imaginava agarrando a moça que estava ao meu lado com a mesma agressividade de Petrovich, mas apertando-a no pescoço, não no braço, para arrastá-la e enfiá-la no outro quarto atrás das cortinas de plástico, aquele cuja iluminação talvez fosse mais azulada, tirando-lhe a roupa, ameaçando estrangulá-la, lançando-a na cama sob algum espelho especial que houvesse no teto, aplicando-lhe tapas, rosnando em seu ouvido, virando-a de costas para sodomizar deliberadamente contra a sua vontade aquele corpo suado e morno, tirando-lhe chumaços de cabelo, mordendo o seu pescoço a ponto de tirar sangue, para abandoná-la depois inerte sobre o tapete viscoso e, apesar de tudo isso, sentindo nem tanto o pulsar do sexo violento, mas o latejar de um filamento de vingança que, sei agora, parecia se voltar na direção dos Durcan e sua felicidade permanente, insuportável para mim de tão provocadora, e, mais profundamente ainda, por esse meio, na direção da pungência cada vez mais insustentável da minha própria mediocridade... As pálpebras tremeram, meus olhos se abriram e percebi que estava com a cabeça apoiada no ombro esquerdo da moça. Ela acariciava o meu rosto e, ao contrário do que eu devesse esperar, se comportava como uma jovem pudica, o que agora considero ser o que mais me convinha ali, especialmente por ter impedido que eu realizasse aquele meu delírio, aquela espécie de fantasia sadomasoquista que passeara pela minha imaginação. É estranho, mas a verdade é que lhe agradeci pelo "colo" e senti que talvez um dia ainda voltaria ali para me embalar e delirar de novo ao lado dela.

Petrovich ficou na boate não sei até que horas. Eu e Marcel voltamos de táxi. Entrei obviamente bêbado em casa, cambaleei para debaixo do chuveiro, vomitei, estava tão fora de controle que cheguei até mesmo a evacuar involuntariamente dentro do box, escurecendo a água que descia pelo ralo, o que jamais imaginei que pudesse acontecer com alguém, muito menos comigo.

Nunca mais vi Eric Petrovich.

5

Depois de três horas de sono entrecortado e duas de vigília explícita numa madrugada de domingo em que mais uma vez fui despertado por uma algazarra do casal Durcan chegando de algum evento especial – isso foi há uns quatro meses, duas ou três semanas depois do episódio da casa noturna na Boca do Lixo –, tomei aquela que me parecia ser a decisão mais importante dos últimos anos: deixar a melancolia de lado, ou melhor, extirpá-la, eliminá-la, extingui-la, como fazemos com um pernilongo sanguinolento esmagado entre as duas palmas das mãos. Em vez de me deixar levar pela prostração, eu me apoiaria no casal de cima – metaforicamente, é claro, pois não há como se apoiar em algo que está em cima de você, eu imagino – para me inspirar e promover uma virada na minha vida. Uma guinada.

Arrumei uma pequena mochila e, assim que amanheceu, tomei um banho – adoro banho, como já se viu, certamente porque ele facilita a passagem do tempo –, fui à padaria para um café, voltei, peguei o carro. Desci a Bela Cintra em direção ao centro e entrei na Consolação, que estava vazia. Desci até a praça Roosevelt e virei à direita, por baixo, rumo à zona leste. Em pouco mais de dez minutos desemboquei na Imigrantes. A manhã estava fria. Gotas de uma garoa fina cobriam o para-brisa, mas eu não quis ligar o limpador. Além disso, deixei a janela do carro aberta e acelerei até os cento e vinte por hora permitidos naquele trecho, no qual, aliás, não há absolutamente nada para olhar a não ser a própria pista e os outros veículos. Logo veio a descida da serra, reduzi evidentemente a velocidade, e, com a garoa já diminuída, aproveitei para admirar a paisagem da Serra do Mar, a Mata Atlântica, tão familiar, pois eu já tinha feito essa viagem não sei quantas centenas de vezes desde a minha infância. O vento batia no meu rosto e mostrava toda a sua poderosa resistência quando eu tentava deslocá-lo com o braço esquerdo esticado para fora do carro.

Estou longe de ter realizado os meus sonhos, eu pensava ali na estrada, mas também não os abandonei totalmente. Desde adolescente, sempre pensei em ser jornalista e trabalhar em um grande jornal ou revista, escrever reportagens exclusivas, de peso, históricas; fazer grandes entrevistas, até mesmo livros. Obviamente, não cheguei lá, eu raciocinava na Imigrantes, mas é questão de tempo. Considerei também que os Durcan poderiam realmente me inspirar alguma coisa, muita coisa na verdade; talvez possam ser objeto de um livro, e esse seria o meu primeiro livro, eu pensava, energizando a mente na estrada. E, se ele viesse realmente a existir, a dedicatória seria para Suzana. A dedicatória, pensei, seria mais importante do que o próprio livro; talvez quisesse escrevê-lo tão somente para poder fazer a dedicatória, essa era a verdade que começava a surgir na descida da serra. Eu me perguntava se essa velha ideia de tentar escrever um livro não seria, no fundo, a ideia de escrever uma dedicatória, tendo o livro como simples pretexto. A neblina não estava muito densa. Tentei adivinhar a marca e os modelos de dois caminhões que avançavam lentamente na pista da direita: um Scania com uma cegonha vazia e um Mercedes-Benz basculante carregado de pedras úmidas, deixando um rastro de água ao longo do caminho. Pensei em levar um dia os Durcan para conhecerem o Guarujá. Não era mais a mesma cidade da minha infância, mas, além do que guardamos na memória, é possível usar a paisagem que restou para fazer uma volta no tempo, em especial a própria areia da praia, as ondas. Eram cerca de oito da manhã quando cheguei à imensa praia da Enseada, onde costumávamos alugar uma casa durante as férias da família. O céu ainda estava nublado, mas fazia calor. Achei um lugar para estacionar numa rua transversal à da praia, pouco depois de passar pelo Casa Grande Hotel.

Meu roteiro era simples: mergulhar e me deixar levar pela água, ficar ali o tempo que o meu corpo determinasse, dar a ele a chance de uma escolha. Troquei de roupa dentro do carro e fui para a praia vazia – os quiosques ainda fechados, nem mesmo um salva-vidas havia ali naquela hora de domingo. A água estava gelada da noite e da chuva. Mergulhei sem hesitar, como sempre fizera. Os olhos fechados, nadei por algumas dezenas de metros – o que já é alguma coisa para um absoluto não atleta como eu, ainda mais na água do mar – e fiquei boiando. Cheguei a abrir os olhos, sentindo a garoa de novo sobre o rosto, agora vinda de lá de cima, não pela lateral do carro como na Imigrantes. Apesar do clima, o mar não estava muito agitado. Pude permanecer de braços abertos, levado por algumas marolas amenas, os ouvidos dentro da água, cantarolando com a boca fechada, lentamente. Não sei quanto tempo fiquei ali, mas devem ter sido muitos e muitos minutos porque minha mão estava totalmente enrugada quando finalmente chacoalhei o corpo no frio, sentei e depois me deitei, de volta, ainda na faixa úmida da areia.

Ouvi vozes ao longe. Era uma família – pai, mãe, um menino, uma menina –, com todos os devidos equipamentos: boias, baldes, pás, forminhas, bola, cadeiras dobráveis, guarda-sol, esteiras, toalhas. Virei-me de lado e fiquei observando a sua movimentação. As crianças correndo, loucas de vontade e ao mesmo tempo cheias de medo de entrar na água; castelos de areia, buracos. Certamente, eu já tinha visto uma cena como essa em algum filme meloso, mas o fato é que, como tantos personagens de filmes assim, comecei a chorar, e chorei, confesso, copiosamente, sem nada para conter nem enxugar as lágrimas, como não acontecia havia muitos anos, tantos que nem sei quantos seriam. Voltei para dentro da água como se quisesse me afastar ao máximo daquela família e comecei a gritar até me doer a garganta na direção ora do horizonte ora do céu cinzento. É provável que as crianças tenham me ouvido, até mesmo se assustado com isso – assim como seus pais. Mas devo dizer que essa era a última das minhas preocupações ali e naquele instante.

Antes mesmo do almoço, depois de tomar um suco de abacaxi com hortelã e comer um misto-quente em um quiosque, eu já subia a serra, cercado pela mesma paisagem. Diferentemente da ida, porém, havia um esboço de sorriso ou algo assim querendo se formar no meu rosto, o vento agora atravessava as frestas dos meus dentes. E entendi que era isso que eu tinha buscado lá embaixo naquelas poucas horas de um domingo. Não havia como voltar ao que era antes. Suzana se fora. Eu teria, agora, de viver com a ideia da presença dela, apesar da sua ausência física – como um renascimento meu, uma reconstrução. Ali no carro, na Imigrantes, senti ter dado um passo nessa direção. Faltava, ainda, aprender a usar o novo estado, ou melhor, transformar aquilo em um novo estado, cultivá-lo e saber, mais do que tudo, como conservá-lo.

6

Marcel e Rachelyne chegaram ao Brasil em 2011. O país vivia o auge de sua imagem no exterior. Entraram em uma espécie de pequena onda de cidadãos franceses que vieram para cá ou para trabalhar ou para ver o que estava acontecendo, embora, no seu caso, não tendo filhos, netos, primos ou parentes próximos – estes últimos, todos perdidos ao longo da guerra –, o objetivo não fosse nenhuma dessas duas coisas, mas sim, pelo que entendo hoje, encontrar um canto em ebulição, em absoluto isolamento e anonimato, para encerrar, como se diz, os seus dias. À parte um ou outro conhecido distante e já igualmente idoso, como era o caso de Eric Petrovich, não frequentavam ninguém em Paris, mantendo ali apenas conversas diáfanas, no dia a dia, com "o açougueiro bretão, a gorduchinha da padaria, o argelino do mercadinho, a velhinha da tabacaria, um farmacêutico com quase dois metros de altura e o proprietário bigodudo de uma loja de queijos" (palavras do próprio Marcel). Aqui, logo adotaram um gato que circulava em torno do condomínio e lhe deram o nome de Zeca. A rigor, o bicho foi batizado de Zeca Pagodinho, em homenagem ao sambista carioca, mas virou apenas Zeca por razões óbvias: mais curto, mais simples, mais fácil, para o próprio animal, de memorizar. Além disso, a pronúncia do não por acaso quase esquecido sobrenome ficava ridícula com o sotaque deles: algo como *pagodjjiiou*. Rachelyne me garantiu um dia que Zeca é recordista mundial de espreguiçadas: a dele, segundo ela, chega a durar mais de um minuto. Por incrível que possa parecer, não mandaram instalar grades ou redes para que o bichano não pudesse saltar do nono andar. E ele, de fato, está bem vivo.

Desde os primeiros momentos, fiquei pasmo com a risada histérica, aguda e espaçosa de Rachelyne, absolutamente desproporcional ao seu corpo de no máximo quarenta quilos distribuídos em, se muito, um metro e meio de altura. Não que fosse algo muito comum, mas quando ela ria era para valer: o som parecia o canto de uma coruja assustada no meio da noite. Andava sempre com algum vestido colorido de estampa florida, como se todos os meses do ano fossem de verão. Pintava os cabelos de vermelho escuro, talvez roxo, difícil precisar – ou, como ela preferia dizer, bordô. Nos dias de chuva, vestia uma capa vermelha, mais precisamente entre o vermelho e o cor de abóbora. Sempre com um livro na mão ou em um dos bolsos. O mais intrigante, para mim, no entanto, era uma outra desproporção, um outro descompasso que existia nela, entre a graça de suas roupas, o impacto contagiante da sua risada tão ímpar e os olhos, de uma tristeza tão eloquente que me fazia desviar o olhar e me lançava em um silêncio muito mais profundo do que aquele para o qual sempre tive uma propensão natural, um silêncio que me acabrunhava, como se eu estivesse diante de algo sagrado sem o direito de nem mesmo pensar em decifrá-lo, muito menos tocá-lo. As roupas de Marcel conseguiam ser mais esdrúxulas ainda. Usava calças de algodão sempre coloridas – amarelas, verdes, vermelhas –, blusas de gola olímpica ou camisas absolutamente improváveis, com estampas indescritíveis, reunindo combinações de formas e de cores que nem o mais cubista dos estilistas, acredito, conseguiria imitar. Camisas compradas havia décadas, segundo ele, de um mesmo fornecedor parisiense, já morto, que mantinha um estabelecimento em uma ruela próxima à praça da Bastilha.

Não será difícil imaginar o impacto que esse vestuário – um visual à beira da indecência de tão berrante e jovial – causou em mim de imediato, eu que conto no meu armário embutido com apenas duas calças jeans, cinco ou seis camisetas brancas e quatro "coloridas" – uma preta, uma verde-musgo, uma marrom e uma cinza, as duas últimas com o dizer estampado *Today is the first day of the rest of your life* e as duas primeiras também com um mesmo dizer: *Só dói quando eu rio*, todas as quatro, devo dizer, presenteadas por Suzana quando completei vinte e dois anos de idade, além de um paletó azul-marinho e duas camisas sociais brancas para as ocasiões especiais (leia-se: uma ou outra entrevista com algum dirigente associativo para a revista, um ou outro casamento, aniversário de família, festa de *bar-mitzvá* ou batizado).

Não mencionei ainda o fato de que a aproximação dos Durcan em relação à minha pessoa se deu, inicialmente, porque eu era o único morador do condomínio a ler ou falar um pouco – bem pouco, deixemos claro – de francês. Levaram um mês para me chamar de você, mesmo usando o diminutivo, o que dava uma combinação estranha: "senhor Jorginho".

Marcel disse certa vez:

— Eu achava antes que os brasileiros rissem o tempo todo. É o que se dizia em Paris. Mas vejo que não é bem assim. Nem poderia ser, não é, Jorginho?

— Entendo.

Uma frase que Rachelyne me disse, logo no início da nossa convivência:

— Se a luz estiver acesa, é porque estamos aqui...

Era, obviamente, um convite permanente para ocupar uma espécie de cadeira cativa na sala deles.

7

Há não mais do que três meses, soou a campainha estridente de casa e vi logo pelo olho mágico o alto da cabeça de Marcel. Eram nove horas da manhã. Eu estava, ainda, de pijama — sim, eu ainda uso pijama. Mesmo assim, abri a porta, imaginando que ele estivesse ali para me pedir sal, açúcar, algo assim.

— Bom dia, Jorginho.

— Bom dia, Marcel — respondi por mera educação, na expectativa de que tudo ali acontecesse em alguns segundos.

Ao contrário do que eu poderia esperar, meu vizinho não levou um segundo sequer para forçar a entrada no meu apartamento, como se precisasse usar o banheiro com urgência ou fugisse de alguém que o perseguia no corredor, ou simplesmente para impedir que eu lhe barrasse o caminho. Era um apartamento quase vazio. Eu tinha na sala apenas um sofá bege de dois lugares, uma mesinha com a TV em cima, nenhum quadro nas paredes brancas, uma mesa de jantar redonda que servia apenas como apoio para minhas coisas – a maleta do trabalho, um pulôver – ou para receber as compras do supermercado. No quarto, a cama (de solteiro) e uma mesinha de madeira que fazia as vezes de criado-mudo. Nesse dia, em especial, a geladeira estava particularmente vazia. Devo ter feito uma cara de pavor absoluto, pois, já dentro da sala, avançando em direção à cozinha, Marcel tentou me tranquilizar:

– Não vou ficar muito tempo, Jorginho. Mas eu preciso ver como você vive...

– Entendo.

Perguntei se ele e Rachelyne tinham filhos, e ele disse que não, secamente, o que me fez especular, internamente, se não buscavam em mim um possível preenchimento dessa lacuna.

– Mas a sua geladeira está completamente vazia!

– Faço o supermercado uma vez por semana. Amanhã é o dia. Não se preocupe.

– Eu não me preocupo, Jorginho. Você é que tem de se preocupar. Não pode viver assim.

Deu uma espiada na minúscula área de serviço, onde havia apenas um varalzinho com alguns panos de chão pendurados (para as roupas, eu usava a lavanderia coletiva do condomínio), e em seguida, passando de novo os olhos pela cozinha e pela sala, avançou para o meu quarto, onde havia algumas camisetas, meias e uma calça espalhadas pelo chão e sobre a cama.

— Que bagunça!

— Não se preocupe com isso, Marcel. Estou bem assim. É apartamento de solteiro!

Não sei por que eu usava tanto o verbo "preocupar". Acho hoje, depois de tudo o que aconteceu, que eu estava, sim, preocupado, talvez mais com os Durcan do que comigo, e certamente mais preocupado com eles do que eles poderiam estar em relação a mim. Mas isso é uma outra história.

Felizmente o apartamento é muito pequeno e quase desprovido de mobília. Caso contrário, Marcel passaria o dia inteiro nele, e eu, a rigor, tinha de sair no máximo às dez e meia para trabalhar. Perguntei:

— Vocês precisam de alguma coisa?

— Nada disso, Jorginho. Queria mesmo saber como você vive. Desculpe vir assim, sem avisar. Mas é que achei que, se avisasse, você poderia arrumar melhor a casa e eu não teria tido o privilégio de ver como você mora, espontaneamente, não é?

Marcel tirou do bolso um caderno preto com um lápis acoplado, fez uma anotação rápida e avançou para a porta, de onde se despediu dizendo:

— Bom dia, Jorginho.

Não sem antes dar mais uma olhadela na sala e recomendar:

— Não deixe a TV ligada assim o tempo todo. Você vai ficar viciado.

Respondi que era uma forma de driblar a solidão, enfim, o óbvio, mas ele foi enfático:

— Existem outras maneiras de fazer isso, meu amigo.

Depois de dar uma piscadinha para mim com o olho direito, partiu pelo corredor exageradamente iluminado, como se fosse uma sala de enfermagem.

8

Após essa visita, os Durcan passaram a insistir de forma quase doentia para que eu aprendesse a cozinhar e pegasse o hábito de comer aquilo que eu mesmo preparasse. Era o que eles sempre fizeram, a vida toda. Tentei, mas não consegui escapar da iniciativa, e combinamos, então, que no sábado seguinte eu iria à casa deles para tomar algumas lições práticas na frente do fogão. Quando entrei, então, pela primeira vez no apartamento para a aula inicial de culinária que Rachelyne se propusera a me dar – e que aceitei, insisto, puramente por educação, sem nenhum interesse autêntico –, meu susto foi maior do que ao testemunhar semanas antes a desenvoltura tragicômica do casal no dia da minha estreia nas reuniões de condomínio. A sala, com todas as paredes pintadas de verde-escuro, fora completamente tomada por objetos e cacarecos – nas paredes, quadros, gravuras, pratos de louça, um relógio, pôsteres, mapas antigos; em cima de pequenas mesinhas e de dois apoiadores, cinzeiros de cores, materiais e dimensões variadas, alguma prataria, baixelas, cumbucas de bronze, potes de cerâmica, soldadinhos ou carrinhos de chumbo, caixinhas de cobre, alguns cristais, porta-palitos, pesos de vidro, estatuetas de gesso, madeira, marfim, vasos de plástico ou de vidro grosso estilo Murano; do teto pendiam dois móbiles construídos com varetas de plástico coloridas e, bem no centro, um lustre do tipo candelabro imitando velas.

Não exagero ao dizer que levei alguns segundos, depois que Marcel me abriu a porta, para divisar Rachelyne no meio daquilo tudo, embora ela estivesse a poucos metros, sentada – melhor seria dizer afundada – em uma *bergère* de veludo vermelho junto à cortina igualmente de veludo vermelho que cobria toda a janela, tendo ao lado uma mesinha de madeira sobre a qual também consegui enxergar um cinzeiro de vidro enorme lotado de bitucas de cigarro.

Deduzi, ali, que boa parte do barulho que os Durcan faziam com tanta frequência era causada por esbarrões que deviam dar, especialmente Marcel, fazendo com que os objetos caíssem no chão a todo instante, pois aquele espaço era intransitável, a não ser para o gato, Zeca, que manhosamente circulava em meio ao amontoado de coisas e vez por outra se estirava em um sofá de dois lugares cor de laranja com uma destreza, uma versatilidade, para mim incompreensível. Enfim, um inferno para qualquer faxineira – aliás, suponho ser esse o motivo pelo qual nenhuma parava por mais de dois ou três meses na casa deles.

Apesar disso tudo, apesar de lembrar uma loja de antiguidades ou quinquilharias, a verdade é que, depois do choque inicial – uma vez sentado ao lado de Zeca e tendo acompanhado com estupefação um bocejo imenso que ele deu sobre o sofá enquanto eu aguardava o retorno de Marcel, que preparava algum aperitivo na cozinha, e de Rachelyne, que se ausentara, imagino, para buscar alguma coisa no quarto, mas que aparentemente estava com dificuldade de encontrar –, a sala dos Durcan me pareceu ao mesmo, não sei por que, extremamente aconchegante. Bem mais tarde, entendi: aquilo era resultado de uma trajetória, um refúgio, o reduto, a caverna, o gueto, construído com o acúmulo de dezenas de anos e histórias, onde o casal, especialmente Rachelyne, se isolava.

Marcel me chamou. Fui à cozinha. Ele vestia agora um avental cor de caramelo, que, como me contou, o acompanha desde os anos 1970 e que era, portanto, mais velho do que eu. Comentei isso, e Marcel, servindo-me uma dose de cachaça, brincou:

– Esse avental poderia ser seu tio, Jorginho! Você poderia ser sobrinho de um avental... Saúde!

Rachelyne chegou com um cigarro em uma das mãos e um copo na outra para brindar conosco, e eu bruscamente, depois da primeira dose, desandei a pensar que era isso mesmo: sobrinho de um avental. Era assim que eu me sentia ali. Fazia de tudo, sempre, para parecer a pessoa mais normal e confiável possível. Tomava o café da manhã diariamente na mesma padaria, onde pedia sempre o mesmo pão com manteiga e um café com leite, que consumia lendo jornal quieto no meu canto de sempre. Sentia-me previsível, sem graça. Tenho certeza de que, se parasse de frequentar essa padaria, nenhuma das garçonetes se daria conta disso – principalmente considerando que nunca deixava gorjeta, nunca dava alguma piscadinha para parecer simpático, fazia questão de deixar a mesa tão limpa como estava antes de eu chegar, tocava a campainha que está afixada no porta-guardanapos em vez de gritar para que viessem à minha mesa e, pior, aceitava sem reclamar quando um ou outro, para não dizer vários pedaços de uma salada de frutas, pedido excepcional, eram servidos com sua validade evidentemente ultrapassada, para não dizer quase podres.

Marcel, que preparava um peixe – enquanto Rachelyne montava a salada –, me tirou de mais esse pequeno devaneio perguntando se eu gostava de frutos do mar. Eu disse que gosto muito de praia e de mar, sempre gostei, mas não de comer frutos do mar. Ele foi enfático:

– Pois você precisa degustar ostras, Jorginho. É uma experiência que não tem igual, sabia? Difícil encontrar aqui em São Paulo, mas tem. E é fácil preparar...

Não pude conter uma expressão de asco, mais do que mera rejeição da ideia. E Rachelyne complementou:

– Dizem que é afrodisíaca!

Marcel:

– Dizem não. É afrodisíaca. Sei por experiência própria, pode acreditar.

Rachelyne deu uma tragada no cigarro, sorriu levemente, e eu disse:

— Quem sabe... um dia eu ainda chego lá...

Incomodado, sem querer dar margem a mais insistências, logo mudei o tema:

— Onde vocês compram esses temperos todos?

Rachelyne contou de suas andanças pelas feiras da região e especialmente pelo Mercado Municipal, onde nunca pus os pés, diga-se, e, vendo-me de mãos vazias, perguntou se eu não deveria ter trazido um caderno, caneta ou lápis para anotar as dicas, enfim, as aulas que eles me dariam para aprender a cozinhar. Como se tivesse sido flagrado cometendo algum pecado maior, tirei do bolso o celular e disse que tinha o costume de fazer anotações no próprio aparelho, não usava lápis ou caneta, a não ser no trabalho, excepcionalmente – o que era verdade, aliás. Digitei ali alguma coisa, para mostrar que lhes dava atenção, e Marcel me olhou com uma cara de espanto.

— Como você consegue escrever aí com tanta velocidade, Jorginho? Ou está fingindo?

Mostrei-lhe a tela, onde anotara "Aula de culinária número um, na casa de Marcel e Rachelyne, em sua cozinha. Primeiro prato da minha história...". E respondi:

– É hábito. Mas acho até que vocês conseguiram aprender a falar e escrever português bem mais rápido do que eu aprenderia o francês.

Os pratos ficaram prontos, fomos para a mesa redonda e pequena, que ficava dentro da própria cozinha, e os dois começaram a me explicar como tinham feito tudo aquilo, desde a ida à feira, à peixaria, ao supermercado, até a escolha dos temperos, a dosagem de sal, azeite, pimenta e uma quantidade de ervas que me escapou, além do Sauvignon Blanc especialmente escolhido, segundo Marcel, em minha homenagem. O fato é que jantei muito bem, como não fazia há muito tempo. A sobremesa – um tiramisu – fora comprada em uma doçaria perto do nosso condomínio, mas Rachelyne prometeu que, na aula seguinte, ela mesma prepararia uma torta de limão, junto comigo. Esvaziamos as nossas taças e fechamos o jantar com um camembert, vinho do Porto e um café coado por Marcel, certamente muito mais saboroso do que o líquido escuro que me serviam na padaria. Observei nesse momento final algo curioso: Rachelyne tinha o hábito de tomar café com a colher, como se fosse uma sopinha preta.

Ao nos despedirmos, Rachelyne me presenteou com um porta-lápis de latão pintado de flores — era isso que ela tinha ido buscar no quarto algumas horas antes. Agradeci, nos desejamos boa noite, e, enquanto descia pela escada rumo ao meu apartamento, pensei que não seria má ideia se eu voltasse a usar lápis, um objeto utilíssimo quando comecei a trabalhar na revista e cuidava das tabelas de preços dos ônibus e caminhões, mas que não aparecia entre os meus dedos havia pelo menos cinco anos.

9

Nas semanas seguintes, as poucas tentativas que fiz de seguir o conselho do casal na cozinha foram infrutíferas. Fracassavam, uma atrás da outra. A verdade é que eu tenho uma espécie de aversão, uma resistência estrutural ao fogão, por assim dizer, sem falar na gastronomia ou culinária propriamente dita. Não sei, francamente, o que seria de mim se não fossem os fabricantes de pratos congelados e enlatados em geral. Dei um jeito, por isso, de evitar mais aulas de culinária com Rachelyne e Marcel. Inventava desculpas, fingia algum mal-estar. Os dois logo perceberam na minha recusa um obstáculo intransponível, o que não os levou, no entanto, a deixar de me convidar para comer na casa deles. E sempre que isso acontecia eu experimentava um prazer imenso, intenso, em saborear os seus pratos, tão caprichados e criativos, da entrada à sobremesa, sempre acompanhados de vinho em abundância e daquele café coado tão magnificamente.

Pensando melhor, devo dizer que esse prazer não era fruto apenas do lado gastronômico dos nossos encontros. Havia também aquela atmosfera confortável da caverna – eu quase escrevi aqui daquele útero materno – que era a sala deles, um ambiente que projetava uma viagem subliminar por lugares e tempos que a embriaguez leve dos aperitivos e dos vinhos estimulava ainda mais. Além disso, um terceiro elemento, entendo hoje, acabou se impondo até mesmo acima dos dois aqui mencionados. Nessas ocasiões, os Durcan puxavam muitos assuntos – em especial sobre coisas do passado, o que no início me perturbava um pouco, não só pela diferença de idade, é claro, mas porque o passado, para mim, sempre fora algo abstrato demais, um amontoado de cenas que preferia manter encaixotadas atrás de um biombo que eu mesmo, acredito, tinha erguido – e eu, na verdade, mais ouvia do que falava.

Em um dos jantares ousei tocar nessa questão do passado, expondo o quanto me intrigava, neles, a obsessão pela história, por aquilo que já não voltava mais. Disse que, para mim, eles se prendiam demais ao que, na minha opinião, devia estar enterrado, e que eu só queria saber do futuro (o presente, em especial o meu, me entediava e, mais do que isso, me amedrontava – mas isso eu não falei para os Durcan). Os dois, no entanto, percebi nessa ocasião, eram defensores quase marciais daquilo que chamavam de "tesouros do passado, que se reconstituem dentro de cada pessoa e formam o seu presente" (palavras de Marcel).

– O passado é a nossa vida. É a vida hoje. O passado a gente constrói no presente. Cada um tem o seu. Rachelyne e eu temos cada um o seu, e ainda temos o nosso, que é comum, a gente compartilha, mas mesmo assim nunca sei nem vou saber se é realmente o mesmo. Você precisa acumular histórias, construir um passado, Jorginho.

Rachelyne, com o rosto encoberto pela fumaça do cigarro, corrigiu:

– Nunca é o mesmo. Duas pessoas não podem lembrar as mesmas coisas, a não ser que fiquem na superfície delas, entende? E, se for isso, não existem histórias para contar.

E Marcel:

– Para construir um passado, que é vida, você tem de viver o presente, Jorginho, com tudo a que tem direito. Este nosso jantarzinho, se você saborear bem a carne e a batata, vai fazer parte do seu passado. Mas, se você comer sem dar nenhuma atenção, nem para esse vinho maravilhoso, ele desaparece, vira um momento qualquer, sem força de passado ou de história.

Uma especulação talvez banal, mas que me inquietou e me fez refletir mais tarde, depois do jantar, sentado no sofá da minha sala. Com efeito, meu pai, meu avô, minha mãe, minhas avós, mesmo meu bisavô, que conheci um pouquinho e que morreu aos oitenta e nove anos, nunca me contaram histórias de suas vidas. Sei que toda família guarda passagens secretas, cava esconderijos, involuntariamente ou de propósito, e que na maioria dos casos preferiria ver boa parte de seus supostos pecados ou momentos ruins enterrados para sempre – o que, no final das contas, quando eles não são expostos, acaba acontecendo ao longo das gerações. Mas, no nosso caso, não se tratava de uma coisinha ou outra, uma omissão aqui ou ali: era como se houvesse um mundo flutuante de segredos familiares pairando no ar como fantasmas.

O silêncio do meu avô, em especial, parecia ser uma espécie de abstenção desejada. Nasceu em 1929, bem no coração da Europa, portanto passou por labirintos aterrorizantes, guerras, embates sociais e políticos radicais, mas por que nunca me falou nada? Por que nenhuma história? Bem, para ser justo: houve uma ou duas vezes em que ele nos contou, para mim e para Suzana, um enredo difuso do mito do Golem, que, para mim ficou guardado na lembrança como uma mistura esdrúxula e monstruosa de Hulk com Frankenstein. Mas, por que nunca nos contou nada sobre a sua vinda para o Brasil? Terá sido uma história como todas as outras (navio infecto, chegada atordoante e trabalho como vendedor ambulante), sem nada em particular? Por que manteve silêncio sobre as mortes dos seus irmãos e primos na Polônia durante a Segunda Guerra e a ocupação nazista, por exemplo, coisa que só vim a saber por meu pai e muito genericamente, sem relatos, sem detalhes, em uma ou duas frases e ponto, enfim, no fundo, sem história? Será que ele teria coisas do que se envergonhar? Alguma zona sombria? Ou será que a dor acumulada era tão grande que ele simplesmente não só preferia não falar como também achava que não encontraria interlocutores que aceitassem ouvi-lo, que aceitassem sentir com ele, na medida do possível, aquela dor ou aquela eventual vergonha? Por que nunca me explicou a razão de se chacoalhar tanto ao rezar na sinagoga, para frente e para trás, incorporando a ideia conhecida de que "a prece é um coito com a presença divina"? O que isso queria dizer? Não posso culpá-lo de nada, entendo que ele não tinha nenhuma obrigação de fazer isso, e até suponho que preferisse não fazê-lo, que preferisse manter esse silêncio, esse muro – que, a partir daquela conversa com os Durcan, entendi que pudesse ser também algo transmissível hereditariamente, haja vista a minha própria negativa em recompor o que eu mesmo tinha vivido e, também, o fato de que, se é verdade que ele, meu avô, nada contara, era verdade também que eu nada perguntara nem pedira que contasse. Mas, então, por que eu agira (ou não agira) assim? Seria por respeito apenas? Falta de interesse? Apatia? Indiferença? Medo de ouvir o que não queria?

Sei que é bom sempre ter algum segredo guardado. Mesmo sendo dolorido, creio eu, reforça a autoestima. Oferece, ainda que furtivamente, uma liberdade de escolha, um poder (revelar ou não, contar para alguém ou não). Mas, dependendo do que for esse segredo, ele pode também gerar angústia e essa angústia, acredito saber disso pela minha própria experiência, pode contagiar os outros, os que estão do seu lado.

Posso dizer o mesmo dos meus pais: o que sei sobre eles é como uma pequena ficha escolar, com datas, nomes de localidades, nomes de instituições e, a partir de poucas fotografias, alguma especulação sobre a emoção que poderiam estar sentindo em alguns momentos cruciais de suas vidas (uma formatura, um baile, um evento social ou esportivo qualquer). Ou então as viagens em família que fizemos, as broncas que eu e Suzana levávamos pelos nossos boletins ruins – os meus sempre piores que os dela, a bem da verdade –, as brigas doloridas da adolescência, enfim, lembranças que, penso hoje, não chegam a compor uma memória. Principalmente depois da morte de Suzana – a partir da qual foi a vida deles que se apagou, se posso colocar assim –, seria fácil dizer que preferiam esquecer de tudo.

Mas, até onde sei, e hoje concordo com Marcel e Rachelyne, realmente ninguém apaga o passado, não há como, mesmo que se esforce para fazê-lo, mesmo que se trema de corpo inteiro ao lembrar dele, mesmo que os olhos fiquem doloridos de tanta esfregação. Ou serei eu, na verdade, que me recuso a juntar os cacos, como se diz, que me recuso a tirar do fundo de minha mente essa história, preferindo jogar nos outros a culpa por esse vazio, pelo meu vazio? Quando Marcel me falava dessas coisas, aliás, eu via que os seus olhos ficavam vermelhos. Mas ele falava, e muito.

10

Lembro de mais um dos conselhos, sempre práticos, que Marcel me deu:

—Você precisa conhecer uma floresta pré-histórica que existe no norte de Portugal, Jorginho. Vamos juntos lá um dia.

Isso aconteceu em meio a uma nova visita que ele me fez de surpresa, ao longo da qual consegui entender, até porque ele foi explícito, o motivo principal daquela primeira visita que ele fizera para bisbilhotar o meu apartamento. Conheci então o seu lado de trabalhador braçal. Os olhos corriam pelas paredes nuas, pelo piso vinílico imitando madeira de demolição, pelos poucos eletrodomésticos, sempre buscando algum problema, como que torcendo para encontrar alguma avaria e poder, assim, oferecer os seus serviços, gratuitos, diga-se, ao menos para mim. A verdade é que Marcel tinha realmente muitas habilidades manuais e sua cabeça, segundo me confessou, não funcionava bem quando ele passava mais de uma semana sem fazer algum trabalho com as mãos, artesanalmente, buscando soluções para um vazamento, procurando a melhor forma de ajustar o relógio de parede antigo que Rachelyne cismara em comprar em um domingo de manhã por uma "bagatela" – a palavra veio do próprio Marcel – na feirinha do MASP. Aliás, não por acaso, um dos programas que o casal mais gostava de fazer era justamente passar horas nessa feira dominical, ou nas outras opções que eles logo descobriram na cidade: feira do Bixiga, Benedito Calixto, MuBE.

– Ficar só no trabalho intelectual automático sem necessidade de criar nada de concreto pode ser muito frustrante, Jorginho. Isso vale para você, que é jornalista, trabalha só com a cabeça. É tudo intangível demais, você entende?

– Entendo.

E saía pelo apartamento procurando coisas para reparar: uma louça quebrada, uma lâmpada queimada, um ralo entupido.

– A gente tem de aprender a fazer pelo menos uma dessas coisas bem, Jorginho, muito bem. Eu sei consertar muito bem qualquer máquina de filmar antiga, sabia? Posso ficar meses, anos, sem conseguir realizar um filme novo, só tateando. Mas se não tiver filmadoras e câmeras para eu cavoucar, as minhas mesmo, antigas, parece que fico louco, entende?

— Entendo.

Contou, então, que aprendera a pegar gosto por essas atividades manuais ainda adolescente, em Marselha, onde morava na mesma época em que Rachelyne, a milhares de quilômetros de distância, amargava a sua prisão em Birkenau, na Polônia ocupada pelo nazismo.

E Marcel insistia:

— É uma forma de realização que eu descobri em mim muito jovem, antes mesmo de conhecer a Rachelyne. Se você for inteligente, e acho que é, não é, Jorginho?, tem de descobrir alguma coisa em que você goste de mexer, nem que seja tirar e colocar estantes na parede ou pintar o banheiro de vez em quando... Posso ensinar você a fazer muitas coisas.

Contou-me que, há vinte anos, quando estava perto dos sessenta, começou de repente a sentir uma dor no ombro esquerdo que parecia uma espécie de tendinite. Obviamente não procurou médico algum, achando que ela logo passaria. Tomou anti-inflamatórios, usou bolsa de água quente, compressas de água fria. Mas nada adiantou. Ao contrário, a dor cresceu, se espalhou para o bíceps e para a parte posterior do ombro, com tanta intensidade que, semanas depois, Marcel não conseguia fazer nenhum movimento brusco sem quase gritar de dor e, pior, nem podia dormir direito à noite. Mais do que atrapalhar o sono de Rachelyne – o que não era pouco, pois isso o obrigava, por imposição dela, a usar o sofá da sala –, teve de parar de fazer os trabalhos manuais que temperavam a sua mente e sem os quais, como me repetia incessantemente, sentia-se inútil e, ao mesmo tempo, vítima de constantes crises de abstinência. Uma médica diagnosticou, então, "capsulite adesiva" ou "ombro congelado" – uma soma, pelo que entendi, de inflamações nos tendões e outros acessórios que compõem a articulação do ombro, sem causa definida. Mesmo com fisioterapia, as dores se prolongaram, e Marcel praticamente deixou de produzir – carregar a filmadora no ombro, por exemplo, ficou impossível –, além de sofrer todas as mazelas decorrentes das noites maldormidas – justamente ele, que preza tanto o sono. Até mesmo carregar as compras da feira e do supermercado ficou difícil. "Nem me espreguiçar, esse exercício tão essencial e prazeroso, não é?, nem isso eu conseguia, Jorginho, você consegue imaginar?" – dizia. Mas o que realmente o desconcertou –"fiquei quase maluco, Jorginho" – naquele período, que durou quase oito meses, quando então a dor começou a arrefecer até desaparecer algumas semanas depois, foi a impossibilidade de praticar o seu grande, digamos, hobby: montar, desmontar, consertar, carregar objetos pra lá e pra cá. Quando as dores realmente sumiram, Marcel passou três dias de plena euforia mergulhado no subsolo de uma grande loja parisiense onde, diz ele, há um paraíso, com mercadorias de todos os tipos, para quem gosta de trabalhos manuais, domésticos ou não.

Essa era a razão pela qual, aliás, os dois lugares de São Paulo que ele mais admirava e aprendera a frequentar, além das feirinhas de antiguidades e cacarecos em geral, eram a rua Santa Ifigênia, no centro, com suas centenas e centenas de pequenas e grandes lojas de materiais eletrônicos e elétricos, e a rua Paes Leme, em Pinheiros, uma sequência de comércios com uma quantidade infinita de parafusos e pregos de todos os tipos, maçanetas, trincos, madeiras e outras tantas coisas para alimentar a sua *bricolagem* – outra palavra usada sempre por Marcel. Eu lhe disse que nem caixa de ferramentas havia na minha casa. Que me parecia perda de tempo gastar horas e horas para consertar um vazamento debaixo da pia da cozinha, ainda mais quando se podia contratar alguém, a um preço razoável – no caso, o próprio zelador, o faxineiro ou o porteiro noturno do nosso prédio, que viviam se oferecendo para fazer bicos para os moradores, razão pela qual imagino que, apesar do valor relativamente elevado do nosso condomínio mensal, a administradora não lhes pagava salários muito decentes. Além disso, eu argumentava, preferia usar o tempo disponível para ler alguma coisa, passear um pouco.

Já perto da porta, antes de se despedir – não sem mexer na maçaneta insistentemente para ver se funcionava bem –, Marcel foi taxativo:

– Você não sabe o que está perdendo, Jorginho. Nunca te falei, mas um dos sonhos que eu ainda quero realizar é abrir uma oficina de conserto de máquinas fotográficas e filmadoras antigas. E olha que posso ganhar muito dinheiro com isso, viu? E ainda por cima terei um lugar garantido na sociedade aqui em São Paulo, onde não sou ninguém, concorda? Fazendo alguma coisa concreta assim para os outros a gente vira alguém, não é verdade? Pouca gente faz isso, mesmo em Paris, sabia?

– Entendo.

– Vou levar você para fazer passeios comigo pela Santa Ifigênia ou pela Paes Leme. Para mim, é como estar em um parque de diversões, como um biólogo estudioso de plantas no jardim botânico, entende?

– Entendo.

O fato é que, poucos dias depois dessa conversa, ao chegar do trabalho no começo da noite, deparei com um pacote à minha porta. Era uma pequena caixa de ferramentas municiada com o básico – martelo, alicate, um jogo de chaves de fenda, pregos, parafusos, fita isolante e até mesmo um carretel com fita veda-rosca –, que, confesso, não utilizei até hoje. Não havia nenhum bilhete, mas obviamente não tive a menor dúvida de quem me presenteara com aquilo, e pensei se realmente uma viagem densa como a que ele havia sugerido, a uma floresta pré-histórica de Portugal, não seria melhor para o que eu queria redescobrir – sem saber exatamente o que seria isso – do que breves e furtivas idas ao Guarujá como eu começava a planejar fazer, em busca de lembranças ralas, aparadas como grama ou cabelo à máquina zero provavelmente pelo temor da sua própria ressurreição.

Essa pequena reflexão abriu as portas do meu cérebro para um achado que me pareceu tão contundente quanto uma luminosidade súbita, um flash explodindo no motor fechado de um caminhão: eu sofria de uma doença sem nome, mas que, inspirado em Marcel, passei a chamar de "capsulite mental". Percebi que era disso que eu sofria: não havia dor propriamente, mas uma espécie de congelamento de ideias; tentava forçar o raciocínio, ativar o pensamento, a racionalização, mas o cérebro não acompanhava, como que travava. Não era uma simples preguiça, nem cansaço. Não era falta de vitaminas ou de ferro – minha alimentação tem sido precária e pouco balanceada nos últimos anos, admito, mas não creio que cheguei ao ponto de afetar a oxigenação do meu cérebro, não tinha problemas de memória, tampouco acredito que tenha passado a eliminar mais neurônios diariamente do que o normal. Era como se houvesse um limite físico, uma barreira, um bloqueio atravancando o caminho do raciocínio, e este, quando se impunha, aos trancos e barrancos, era sempre limitado.

11

Não dá mais para contornar: mesmo que eu quisesse negá-la, por mais que procurasse encará-la como um acidente, triste, é claro, mas um acidente como outros que acontecem nas vidas das pessoas, não tenho dúvida de que a morte de Suzana teve um impacto vertiginoso sobre mim. Não é um acaso o fato de ela ter acontecido poucos meses antes do episódio em que brochei na cama com a linda loira gaúcha, para mencionar um exemplo, eu diria, tosco, mas marcante. Tudo estava mudado para mim. Sempre fôramos muito próximos, cúmplices até, uma confiança mútua ilimitada, especialmente durante a adolescência, apesar das disputas. Hiperativa desde sempre, Suzana era ciclista, morreu pedalando, e sua morte, por isso, acabou ganhando uma dimensão social simbólica enorme, com uma repercussão que durou várias semanas na imprensa, o que fazia aumentar ainda mais a estranheza daqueles momentos, sem diminuir, em nada, a angústia.

Mas, para mim, o mais dolorido, naqueles dias, foi falar com ela quando estava na Unidade de Terapia Intensiva do Hospital das Clínicas, onde já tinha chegado inconsciente. Estava inchada, a pele amarelada, mesmo as sardas que ela tinha nas bochechas estavam clarinhas, com uma consistência de cera. Ainda havia aparelhos ligados, e eu dizia "vamos, Su, vamos, Su, você vai sair dessa, dá uma risadinha pra mim, Su...". Eu encostava a minha cabeça na dela, como se quisesse transmitir alguma radiação, mas nada se movia no seu rosto, adormecido, prestes a parar de respirar.

Durante quatro dias, passei horas e horas ali, entrecortadas por passeios inúteis que fazia pelas imediações do hospital, aturdido, assustado, na rua Teodoro Sampaio, transitando pelos floristas na calçada do cemitério da avenida Doutor Arnaldo. Eu falava com Suzana, mas não havia reação, não havia conversa. Tudo estava decidido: não haveria volta. E, no entanto, eu recusava a realidade. Aos poucos, porém, foi ficando claro o que tinha acontecido, a verdade penetrou lentamente no meu cérebro, até se instalar como uma explosão silenciosa dentro dele. Nesse momento, entendi que não podia mais contar com Suzana para nada! E aquilo era mais inconcebível ainda, inadmissível, para nós dois. Meus pais me abraçavam, se abraçavam chorando, eu os abraçava, mas sempre evitando o olhar deles – tentava não evitar, parecia precisar daqueles olhares, mas cruzar o meu com o deles era ao mesmo tempo algo absolutamente insustentável. Não porque achasse que poderiam me culpar pelo que acontecera – ao contrário deles, por exemplo, eu nunca estimulara Suzana a gostar de bicicleta –, mas pela sensação de me sentir, eu mesmo, culpado, não por não estar ao seu lado na hora do ocorrido e não poder, portanto, socorrê-la, mas por sobreviver a ela. O sofrimento que eu adivinhava nos olhos deles era insuportável para mim.

Muita gente que nem conhecia Suzana pessoalmente compareceu ao enterro no cemitério israelita do Butantã. Centenas de pessoas. Um clima de solidariedade e protesto, comoção e indignação. Até mesmo jornalistas de rádio e televisão faziam a cobertura do enterro a uma distância nem sempre respeitosa (sei que faz parte do ofício). Mas nem eu nem os meus pais conseguíamos falar com ninguém, trocando abraços e apertos de mão de olhos baixos. Na cerimônia interna, na pequena sinagoga superlotada, antes de o cortejo partir a pé para o local da sepultura, não houve discursos, apenas orações. Meu pai tinha preparado alguma coisa para dizer, mas não conseguiu pronunciar nada a não ser o Kaddish, com o rabino soprando-lhe palavra por palavra. Ao longo dos trezentos ou quatrocentos metros que separavam essa sinagoga do local onde Suzana seria enterrada, as pessoas – quase na sua totalidade jovens, muito jovens, mais até do que eu – avançaram pelas aleias do cemitério e até mesmo por cima da grama, espalhando-se entre as sepulturas, de tanta gente que havia.

Por mais que eu tivesse me concentrado para resistir, não consegui conter o choro – aquela explosão que acontecera dentro da cabeça ainda no hospital se expandiu para o lado de fora, nos meus cabelos, no meu rosto, através dos meus olhos, no momento em que vi meu pai lançando o primeiro punhado de terra, com uma pá, sobre o caixão de sua filha. Nesse movimento, o seu quipá se soltou e caiu dentro da cova, infiltrando-se entre o caixão e uma das paredes de terra. Um dos funcionários do cemitério se ofereceu para recuperá-lo, mas meu pai fez um sinal com as mãos pedindo que deixasse assim (me pergunto, hoje, se não foi proposital a brusquidão com que ele balançou a cabeça naquele instante, para se aproximar de alguma forma do corpo inerte da filha). Quando, em seguida, ele me passou a ferramenta, tive dificuldade para segurá-la, como se me faltasse a força para isso, uma vertigem, ainda mais profunda por ter visto, mais uma vez, o olhar desvairado e incrédulo dos meus pais ao lado daquele buraco que todos nós sabíamos que em poucos minutos estaria tampado para sempre. Na vez de minha mãe cumprir o ritual, tive uma espécie de ilusão de ótica ao ver o rosto dela se descolando da cabeça e descendo, caindo, como que levando na boca a terra que logo se depositaria sobre a madeira preta. Voltamos para casa, minha avó de olhos vidrados ao meu lado, segurando minha mão no banco de trás do carro em silêncio.

12

Marcel é do tipo que faz amizade facilmente com "o povo", como ele diz. Uma dessas pessoas é o barbeiro Girafa, autodenominado "engenheiro capilar", atuante a duas quadras do nosso condomínio e onde nós dois cortamos o cabelo (eu com mais frequência do que ele, registre-se). Como o apelido indica, Girafa é um homem alto, deve ter quase um e noventa, e as duas cadeiras do seu pequeno salão ficam em um ponto mais elevado do que o normal, de modo que, para alcançá-las e usufruir dos seus serviços, o freguês é obrigado a subir dois degraus de uma escadinha de madeira construída para essa finalidade. Especialmente por causa da altura dessas cadeiras, sempre que vou ali me lembro do cabeleireiro da nossa infância, onde eu e Suzana éramos colocados nas réplicas de dois carrinhos coloridos com direito a volante, caixa de câmbio e espelhinho retrovisor, onde nos distraíamos enquanto um barbeiro sorridente fazia o seu serviço. A escadinha do Girafa, como nos explicou, atende à necessidade de ajustar a altura do cliente, caso contrário os problemas de coluna que sempre o perseguiram ficariam ainda mais graves, obrigando-o a tentar correr atrás de uma aposentadoria por invalidez, perspectiva que ele, do alto – literalmente – dos seus quarenta anos, procura evitar a todo custo. O mais curioso, porém, é que a tal escadinha foi bolada e construída por Marcel, que, logo na primeira visita que fez ao barbeiro depois da chegada a São Paulo, se deu conta do problema. Não é difícil entender, assim, a gratidão que Girafa tem para com o francês.

E foi justamente em uma conversa com o barbeiro que me animei a atender a um dos pedidos mais insistentes de Marcel desde que nos conhecêramos: levá-lo a um jogo de futebol. Não que ele fosse muito interessado por esse esporte – na França, deve ter ido ao estádio no máximo duas ou três vezes em toda a vida. Sua insistência decorria da vontade de ter contato com "as massas" – palavras dele –, aglomerações, multidões, das quais dizia sentir saudade, desde os tempos em que militava na esquerda francesa no pós-guerra. Além disso, é claro, era, afinal, "o futebol brasileiro!". Como eu também não acompanho o futebol de perto, tive a ideia de perguntar ao Girafa se ele topava ir conosco. O barbeiro ficou surpreso, deu um sorriso digno da sua estatura, mas condicionou a aceitação do convite a que fosse um jogo do Corinthians. E assim aconteceu.

O Pacaembu, não muito longe dali, era o cenário ideal. Em um domingo de abril, fomos a pé, por insistência de Marcel, até o estádio. Uma boa hora de caminhada, já que ele, embora resistente, bem-disposto e leve, não conseguia andar por mais de quinze minutos a uma velocidade superior a dois quilômetros por hora. Girafa – que fora bem mais cedo para comprar os ingressos – nos aguardava no portão combinado. Começou a garoar, e, como o nosso lugar não era coberto, compramos três capas de plástico de um ambulante. Sentamo-nos no Setor Laranja – onde as cadeiras têm essa cor –, bem perto e no centro do campo. O Corinthians enfrentaria um time pequeno, o Atlético Sorocaba.

Quando o jogo começou, o céu azul estava de volta – lamentei termos gasto dinheiro com as capinhas –, enquanto as mais de vinte e cinco mil pessoas aglomeradas ali dentro gritavam com um entusiasmo que contagiou Marcel a tal ponto que ele começou a repetir os gritos e bordões da torcida, que Girafa tinha ensinado. O sol batia direto nos nossos rostos àquela hora da tarde, mas meia hora depois o tempo já tinha virado novamente. Poucos minutos após o primeiro gol do Corinthians, que provocou tamanho êxtase entre os torcedores que temi pela segurança de Marcel quando ele começou a abraçar todo mundo que havia à nossa volta, o tempo fechou e a chuva mostrou a sua cara: não uma simples garoa como antes, e sim um aguaceiro que evidenciou os limites das nossas capinhas, quase inúteis ali. Começamos a subir os degraus de cimento, seguindo a maioria das pessoas, para tentar ficar na parte de cima, ao abrigo da chuva no corredor que circunda a parte superior do estádio. Subi o mais rapidamente possível, ou seja, acompanhando o ritmo desacelerado dos torcedores e especialmente de Marcel.

Uma vez no alto, com o jogo prosseguindo no campo já encharcado apesar do sistema de drenagem sempre elogiado pela administração do Pacaembu, presenciei a cena que, para mim, foi a mais importante do dia: ainda lá embaixo, o Girafa, que como o apelido dá a entender, se destacava com facilidade no meio da massa, continuava sentado no nosso lugar e cobria com sua capinha ridícula um casal de idosos da fileira da frente que certamente não tivera como ou não quisera se deslocar – e assim ficou até o fim do primeiro tempo, que coincidiu, aliás, com o fim da chuva.

Eram mais de seis da tarde quando deixamos o Pacaembu. Marcel, exultante, teve a ideia de irmos a um bar qualquer perto da Paulista para tomar cerveja – ele realmente queria fazer o programa por inteiro. Girafa não pôde ir, pois precisava voltar para casa. Depois do quarto chope, que ele aprendeu a tomar com frequência em São Paulo, deixando o vinho para ocasiões mais caseiras, Marcel desandou a falar sobre um assunto absolutamente inesperado para mim, sobre o qual eu não tinha nada a acrescentar, a contrapor ou a interpelar: Rachelyne. E eu entendi que muito provavelmente toda aquela programação dominical tinha como objetivo, da parte dele, apenas preparar o cenário para essa espécie de monólogo à mesa de bar, como fecho do dia.

A carreira de Marcel como documentarista deslanchou depois que ele fez um documentário de curta-metragem sobre o Holocausto, no começo dos anos 1970, quando então conheceu pessoalmente

Rachelyne, uma das suas entrevistadas, cinco anos mais velha do que ele. Em seu depoimento no filme – um dos dois que Marcel obtivera –, dado por ela no seu apartamento em Paris, Rachelyne conta em detalhes como foi presa, aos quinze anos de idade, na cidadezinha onde morava, no sul da França, por agentes da Gestapo – os quais, provavelmente a partir da denúncia de algum morador das proximidades, passaram por cima das autoridades locais – em fevereiro de 1944, e levada, junto com o pai, para a prisão de Sainte-Anne, em Avignon, passando depois por Marselha, pelo campo de Drancy, a poucos quilômetros de Paris, e finalmente deportada para o campo de concentração de Birkenau, acoplado ao de Auschwitz, na Polônia.

Marcel não quis me contar ali mais coisas sobre a passagem de Rachelyne pelos campos de concentração – sim, foi por mais de um –, mas prometeu que exibiria, um dia, o documentário para que eu mesmo pudesse ouvi-la diretamente. Entendi que aquilo era apenas uma introdução e que, no fundo, não era do passado que ele queria falar, mas sim da Rachelyne atual, e, mais precisamente, para minha surpresa, da sua vida como casal.

— O amor às vezes é gelado, Jorginho. Inclui erros irreparáveis, feridas, mordidas, sabe? Flechadas, ciúme, perdão, espera, solidão.

— Entendo.

— Tudo isso faz parte do amor.

— Entendo.

Seu monólogo então pegou a trilha de frases genéricas como essas, talvez óbvias, como que tiradas de algum filme água com açúcar de Hollywood dos anos 1940, mas nem por isso, acredito, menos verdadeiras. E ele parecia sincero ao pronunciá-las. Ainda estávamos, porém, no preâmbulo.

Assim como várias de suas companheiras, depois de alguns meses no campo, Rachelyne não conseguia menstruar. Não era apenas por um motivo psicológico, mas também porque não tinha saúde para menstruar. O corpo funcionava mal. Faltava-lhe um metabolismo saudável. Quando voltou para a França, depois de ser resgatada por soldados americanos à saída do campo de Theresienstadt, não conseguiu viver no sul do país e se mudou, sozinha, aos dezessete anos, para Paris, onde perambulou por dormitórios alheios, bares, dormiu na rua. Tempos depois, teve uma gravidez interrompida em poucos meses e soube que – como uma nítida sequela dos campos – jamais poderia dar à luz.

Quando se conheceram, ela já passara dos quarenta anos e, como Marcel também não tivera filhos, a sua vida, como casal, se construiu, resumiu-me ele, assim: em torno dos interesses que tínhamos em comum, o que passava pelo cinema, música, teatro, pintura. E assim foi por mais de trinta anos. Mesmo sendo às vezes procurada por escolas, documentaristas, escritores, historiadores e entidades judaicas, Rachelyne não queria mais ouvir falar em nada que fosse relacionado ao Holocausto. Mergulhou nas suas atividades domésticas, ajudou Marcel no trabalho, cuidava da agenda comum dos dois, fazia cronogramas, planejava saídas a um ou outro restaurante, encarregava-se da programação cultural do casal, organizava uma ou outra viagem pelo interior da França. Faziam tudo isso sozinhos, pois nem ele nem ela tinham parentes – os pais dele, segundo me contou então, morreram em um acidente automobilístico no final dos anos 1960, e Marcel é filho único. Sempre planejara uma vida de solteiro, descompromissada; nunca havia passado mais do que dois anos com a mesma mulher, causando inveja nos pouquíssimos amigos, segundo me contou. E assim foi até cruzar com Rachelyne. De certa forma, porém, mesmo então casado, suas opções socialmente excepcionais continuaram a prevalecer – só que, agora, em dupla. Como que se bastavam. Seu apartamento era a sede social de uma seita autônoma formada por apenas duas pessoas. Quando ele comentou nesse domingo após o jogo no Pacaembu que havia em Rachelyne uma combinação entre "inquietação permanente e brilho espiritual", logo me veio à mente a trepadeira complexa e esquisita do nosso condomínio: espevitada, desconexa, imprevisível, mas com uma flor roxa de uma beleza difícil de copiar.

Marcel acredita que uma espécie de derrapagem prolongada – que depois veio a se transformar em desvios de rota constantes, ininterruptos, muitos deles à beira de falésias abismais, como ele mesmo me disse – foi provocada, ou pelo menos se explicitou, por um episódio em princípio sem maiores consequências, oito anos antes de decidirem se mudar para o Brasil. Foi em um restaurante, na periferia de Paris. Rachelyne notou um número tatuado no braço esquerdo da garçonete que servia a mesa do casal. Sentiu uma tontura imediata. Ânsia de vômito. Sem dizer nada, foi ao banheiro. Na volta, pálida, pediu à mulher que não lhes servisse mais. Explicou a Marcel, então, que não conseguia admitir a ideia de ser servida por alguém que tivesse passado pelas mesmas condições que ela. Queria convidar aquela senhora a se sentar à mesa com eles ou a tomar um café mais tarde, fora dali, em um bistrô qualquer, o que só não aconteceu porque a garçonete, que exibia, segundo Marcel, os olhos mais assustados e tresloucados que ele já havia visto, simplesmente não queria falar sobre o assunto e recusou o convite.

A partir daquele momento, ou seja, nos últimos quase dez anos, o declínio se impôs: cada vez menos atividades culturais, restaurantes ou pequenas viagens. Em vez disso, muito cigarro, dizia ele, muita bebida, a recusa, da parte dela, de sair de casa, um olhar cada vez mais melancólico. Um quadro depressivo, obviamente, mas cujo diagnóstico Rachelyne se recusava a admitir. Começou a pintar. E a mudança para o Brasil foi, no fundo, uma tentativa de mudar essa situação, segundo Marcel. Venderam o apartamento parisiense e, com o dinheiro, passaram a viver em São Paulo. Em poucos meses, Rachelyne já era outra pessoa, como se diz: rejuvenescida, curiosa.

— Até sexo a gente voltou a fazer, Jorginho.

Ela passou a pintar cada vez mais. Eu realmente sabia que Rachelyne pintava, aliás. Ela mesma já me havia mostrado alguns quadros, que ocupavam boa parte das paredes superlotadas do apartamento dos Durcan. Todos tinham flores como motivo; das cores e tipos os mais variados, sempre cores vivas. De alguma forma, correspondiam às estampas das roupas que usava. Embora monotemáticas, não eram telas sombrias, como se poderia esperar pelo que eu vim a saber, por Marcel, mais tarde.

Essa metamorfose positiva, como ele classificava, teve, no entanto, vida curta. Especialmente nos últimos seis meses — ou seja, concluí, depois que já nos conhecíamos como vizinhos de prédio —, tudo virou. E Marcel, já no quinto ou sexto chope, me disse:

— Agora nada de sexo, Jorginho. Nada de sexo. Nem mesmo devagarinho, sexo de velhinho, sabe, gostoso, lento. Ela não quer mais, não entendo isso...

Nesse momento, me vieram à lembrança a figura de Eric Petrovich e aquela noite na boate soturna, e raciocinei que talvez Marcel tivesse alguma inveja do amigo. Mas, quanto mais Marcel falava, sem dúvida sendo muito repetitivo, mais eu me dava conta de que a descrição da melancolia de Rachelyne refletia em muitos aspectos a minha própria situação, com a estratosférica diferença de que eu, com pouco mais de trinta anos de idade e embora já com uma bagagem razoável de sofrimento às costas, não tinha passado nem por um centésimo do que ela conhecera. Hesitei entre duas vertentes de raciocínio: ou o meu desarmamento emocional era fruto de mera preguiça existencial e, portanto, podia ser revertido à base de exercícios mentais prolongados, ou a aflição e o desespero de Rachelyne tinham um lastro tão denso que repousavam em uma profundidade simplesmente inimaginável para mim – ou, o que era o mais provável, as duas coisas.

Marcel falava, se repetia, e eu, também no quinto chope, passei a me concentrar apenas no rosto dele, ao qual nunca havia me atido como naquele momento: uma cabeça arredondada, bochechas grandes, a pele ressecada e cheia de frisos e sulcos profundos, parecendo castigada, a cabeleira branca de fios longos, o bigode e o cavanhaque densos, brancos, mas manchados de amarelo por conta do cigarro de tantos anos, as sobrancelhas curiosamente pretas, finas, dois pequenos traços em diagonal formando um "v" sobre os olhos castanhos – e subitamente era como se eu estivesse diante do meu avô, que eu perdi quando tinha dezoito anos, e quanto mais Marcel falava se queixando de Rachelyne, mais eu queria que ali estivesse o meu avô, que fosse ele ali, me contando do seu passado, que é o meu, se abrindo, e eu me perguntava por que ele nunca tinha feito aquilo, por que eu nunca o forçara a fazer aquilo, por que nos furtávamos de compartilhar a história dos Blikstein, que era a nossa. Eu me esforçava na mesa para segurar a vontade de dizer a Marcel que gostaria que ele fosse substituído, num passe de mágica qualquer e ainda que temporariamente, pelo meu avô, o único que conheci, o pai do meu pai, quando ele se levantou para ir ao banheiro, e eu despertei de mais esse devaneio – como eu devaneava! – pensando em lhe pedir desculpas, pois tinha certeza de que ele notara a minha "ausência".

Acho que ele também sentiu que já tinha falado o bastante, pois, na volta do banheiro, me deu um tapinha nas costas:

– Jorginho, meu amigo. Não quero te encher mais com as minhas histórias. Vamos para casa, não é?

– Entendo.

Fomos andando pela Paulista, pegamos a Bela Cintra em direção ao nosso prédio. Todo esse trajeto foi feito em silêncio, Marcel balançando o corpo e eu me perguntando o que fazer com o peso tão grande da confiança que uma pessoa como ele depositara em mim, contando obviamente com a minha capacidade de guardar segredos. Mas cheguei a me perguntar também se, por trás daquela carapaça quase camponesa e das queixas que ele expusera em relação a Rachelyne, não havia um certo medo, em Marcel, de ver um tom acinzentado talvez se formando em torno das suas camisas coloridas como um sinal de que certas coisas chegavam inevitavelmente ao fim, que não havia retorno para a maioria delas. Uma especulação que, adianto aqui, não foi das menos premonitórias que fiz na minha vida.

Subimos juntos no elevador. Marcel tirou do bolso a sua agendinha preta e anotou alguma coisa. Desci dizendo:

— Muito obrigado, Marcel.

Segurando a porta do elevador, ele perguntou:

— Obrigado pelo quê?

Hesitei:

— Pelo chope, pelo jogo, pelo Girafa, pela Rachelyne.

— Vai descansar, Jorginho.

É preciso afirmar aqui com clareza, mesmo correndo o risco de produzir uma frase incrivelmente banal, o seguinte: tenho certeza de que me recordarei desse momento, desse dia, como um dos mais importantes da minha vida. O momento a partir do qual decidi tentar enxergar como andava de fato a minha situação e encontrar alguma forma de virá-la de ponta-cabeça, para além, muito além, de uma ou outra viagem-fuga ao Guarujá.

13

Tinha acabado de trocar algumas ideias de pauta na redação, no meio da tarde de uma segunda-feira, com Mariana, a principal fotógrafa freelance da revista – creio que já disse isso ou coisa parecida –, quando Marcel telefonou com mais uma proposta: irmos eu, ele e Rachelyne à manifestação convocada para o começo da noite com uma concentração inicial no Largo da Batata. Vários protestos já tinham sido realizados nos dias anteriores, primeiramente contra um aumento na tarifa de ônibus e metrô, depois contra a repressão policial a essas mesmas manifestações, contra a corrupção e outras bandeiras, como se diz, populares. Embora o assunto estivesse presente em todos os cantos, inclusive na nossa pequena redação, comparecer à manifestação não estava nos meus planos. Mais uma vez, porém, eu era puxado da minha inércia pelos Durcan. Aceitei a proposta, combinamos de sair juntos do nosso prédio às cinco e meia.

Desliguei o telefone e fui ao banheiro, não porque precisasse realmente, mas para ver como estava o meu rosto, ou seja, ver a mim mesmo vivendo a perspectiva daquele programa inesperado. Pensei em como gostaria de poder levar minha irmã numa manifestação como aquela. Suzana era mais atrevida e intrépida do que eu, desde a infância, com uma agilidade mental desconcertante. Com certeza teria me arrastado para sair às ruas desde os primeiros protestos, antes mesmo que eu pudesse me dar conta do que estava acontecendo. Mas o presente, ali, era representado, para mim, por Marcel e Rachelyne. Chacoalhei o rosto, lavei-o com água fria e, ao enxugá-lo com a toalha, tive, excepcionalmente, uma ideia que me pareceu brilhante, ou melhor, que fez os meus olhos brilharem com uma intensidade que eu não experimentava havia muito tempo, como pude constatar naquele mesmo espelho: convidar Mariana para ir conosco. Joguei a toalha de qualquer jeito no piso do banheiro e saí correndo. Felizmente ela ainda estava ali e aceitou o meu convite sem titubear.

Mariana tinha uma espécie de marca visual muito particular: usava um rabo de cavalo do lado esquerdo, o que fazia da sua figura algo estranhamente assimétrico, e eu notei como esse rabo de cavalo vibrou balançando muito enquanto ela dizia "claro, claro, vamos sim...". Ao contrário do que se passava comigo, nos planos dela já estava, sim, sair da redação e ir direto para a manifestação. Para protestar também, segundo me disse, mas principalmente para documentar aquilo, registrar tudo com a máquina fotográfica digital – "não com o celular, para deixar bem claro", ela disse sorrindo, "uma coisa é uma coisa, outra coisa é outra coisa, certo?" – que tinha acabado de comprar com a ajuda de um pequeno subsídio da própria revista. Contei-lhe um pouco quem eram os Durcan, comemoramos a nossa iminente ida à passeata com um tim-tim dos nossos copinhos de plástico ao lado da máquina de café e meia hora depois saímos com meu carro em direção à Bela Cintra.

Rachelyne e Marcel nos aguardavam embaixo, na calçada. Sentaram no banco de trás, eufóricos, e senti brotar uma empatia imediata entre eles e Mariana. No caminho para o Largo da Batata, atuei praticamente apenas como um motorista discreto, respeitoso, mas sobretudo ansioso e atento. A conversa foi toda entre os três, começando pela curiosidade com que Marcel perguntava a Mariana sobre a nova máquina fotográfica pendurada no pescoço dela, passando pela curiosidade ainda maior que ela mostrava em relação à filmadora antiga – uma Panasonic dos anos 1980 – que Marcel levava para documentar o acontecimento, pelo encantamento de Rachelyne com o rabo de cavalo canhoto de Mariana e o encantamento ainda maior desta com a cor tão peculiar do cabelo tingido da outra, culminando com uma interrogação, aí sim compartilhada por nós quatro, quanto ao alcance que a manifestação poderia ter, e se concluindo, ainda no carro, com todas as combinações possíveis de estratagemas para que não nos perdêssemos no meio da massa em movimento.

A concentração no Largo da Batata durou perto de quarenta minutos, até que aquelas dezenas de milhares de pessoas começaram a avançar pela avenida Faria Lima. Como não entendiam muitas das cantorias, Marcel e Rachelyne simplesmente seguiam a multidão, puxando-me pelo braço, como se quisessem chegar à primeira fila, o que obviamente não aconteceu, até porque não havia, pelo que eu soube mais tarde, nenhuma primeira fila propriamente dita. Apesar da sua evidente fragilidade física, Rachelyne era quem ia à frente do nosso pequeno bloco de quatro, conduzindo-me às vezes pela mão.

Logo Marcel e Mariana se afastaram, ocupando-se com os respectivos registros visuais da marcha, movimentando-se ora para o lado, ora para trás. Com sua experiência e seu vício de documentarista, Marcel captava imagens amplas, mas também fazia entrevistas. Deslocava-se como um pião em meio ao ruído confuso provocado por gritos e palavras de ordem de todos os tipos e algumas bandinhas ou charangas que surgiam e desapareciam em poucos instantes. Mariana andava à solta, chegando até mesmo a subir no capô de um carro para fazer uma foto de lá de cima. Depois de alguns minutos em que os dois se ausentaram em uma dessas incursões, vi Marcel voltando em minha direção com o rosto fechado; pensei, na hora, que a filmadora tivesse quebrado. Mas ele logo nos contou, a mim e a Rachelyne, o que o deixara daquele jeito, tão desacorçoado: ouvira um senhor de camiseta vermelha que se dizia socialista, um jornaleiro que estava ali para protestar contra a corrupção, um grupinho de estudantes que diziam se mobilizar apenas para impedir a aplicação do aumento na tarifa de ônibus, objeto inicial de toda a manifestação – até aí, nada de surpreendente –, mas o que o intrigou foi o depoimento de um casal vestido de verde e amarelo que afirmou estar ali para expressar o seu descontentamento com "tudo o que se via acontecer no país há anos" e defendendo a volta dos militares ao poder. Marcel, depois de me contar isso, esperou que eu lhe desse alguma explicação, mas eu apenas exclamei:

– Tem gente de todo tipo aqui, não é?

Devo dizer que desde o começo eu sentira algo esquisito no ar: era um ajuntamento muito heterogêneo, grupos maiores ou menores puxando palavras de ordem as mais diferenciadas. Como se quem fosse de esquerda se sentisse em uma manifestação de esquerda e quem fosse de direita se sentisse em uma manifestação de direita. Uma união estapafúrdia. Desejos etéreos, como um amontoado nebuloso de segundas intenções sendo trocadas no ar, por cima da união física, cegamente. Era uma fauna geneticamente cheia de enxertos, me parecia, embora também saltasse aos olhos, mesmo para um leigo em política ou sociologia como eu, o fato de que estávamos diante de algo estrondoso, importante, histórico, pendendo não sei para qual lado. O que parecia unificar todos, ali, claramente, era uma vontade de protestar, de exibir uma insatisfação que ia muito além da reivindicação inicial de derrubar o aumento nas passagens de ônibus – transformada em pretexto para algo muito maior, e esse algo é que poderia ter, no fundo, inúmeras caras. Só me dei conta da dimensão daquela passeata quando, bem mais adiante, parte da multidão apareceu refletida na fachada de vidro de um grande edifício de escritórios da Faria Lima, e ali os gritos de "o povo acordou" ou "vem, vem pra rua vem" pareciam ecoar infinitamente, tonitruantes, reverberando uma energia à beira do incontrolável. Mariana fotografou esse momento do alto de um andaime erguido na calçada.

Por insistência de Rachelyne, assim que cruzamos a avenida Cidade Jardim, Marcel parou de filmar e passou a caminhar com ela de mãos dadas, o aparelho a tiracolo. Parecia recuperado do choque causado pela entrevista com o casal de verde e amarelo, sorria transportado pelo clima de explosão que reinava ali por cima de todas as possíveis diferenças ideológicas entre os manifestantes. Andamos por cinco quilômetros, do Largo da Batata à avenida Juscelino Kubitschek, até que Rachelyne começou a sentir dores nas pernas e resolvemos parar, perto de um shopping center cuidadosamente cercado de seguranças e policiais.

Eu e os Durcan decidimos, então, encerrar ali a nossa participação. Mariana preferiu continuar, estava certamente mais eufórica do que nós, convidou-me a ficar também, mas eu tinha a responsabilidade de acompanhar Marcel e Rachelyne. Em nossa despedida, ela me deu um beijo na boca tão espontâneo, demorado e surpreendente quanto úmido, suave, morno e, por todos esses motivos, altamente promissor, partindo em seguida, dando-me algumas piscadelas até se perder entre outros milhares de cabeças.

Apesar da turba crescente e agitada – centenas de pessoas pulavam as catracas, subiam e desciam pelas escadas rolantes entoando hinos ou canções também as mais variadas, mistura que soava a mim como uma espécie de liberação geral –, conseguimos pegar o metrô de volta até a estação mais próxima ao Largo da Batata, onde o meu carro estava estacionado. Voltamos para o nosso prédio excitados, em certa medida atônitos; mas acima de tudo exaustos, a tal ponto que poucas palavras foram trocadas no caminho – Rachelyne, ademais, pedira para eu ligar o rádio a fim de acompanharmos o noticiário, e, como ela e Marcel não ouviam muito bem, tive de deixar o volume em um nível que de todo modo impediria qualquer conversação.

No hall do prédio, sem esconder uma certa perplexidade, apesar dos seus oitenta anos bem vividos e de ter sempre tantos conselhos cartesianos a me dar, Marcel perguntou, como se estivesse conhecendo algo inédito:

— Me explique uma coisa, Jorginho. Afinal, essa manifestação era de direita ou de esquerda?

Rachelyne fez uma careta indefinida, balançou o rosto como se tivesse achado estúpida a interrogação do marido, e eu enrolei alguma resposta, pensei alto, disse uma obviedade qualquer, mas, no fundo, não soube o que responder — as coisas estavam tão embaralhadas para mim... —, e hoje, à luz do que vem acontecendo nos últimos meses, tenho certeza de que não havia uma resposta única, nem simples, para aquela pergunta. A realidade principal, porém, é que naquele hall e, em seguida, no elevador, eu não estava nada preocupado com essa questão. Queria que meu andar chegasse rápido, queria entrar logo no meu apartamento, encarar o espelho no banheiro e dar gritos, dar pulos, os meus gritos e os meus pulos de libertação. Pois, por mais sentimentaloide, egoísta ou idiota que possa parecer, não tenho como negar que o mais importante de tudo o que aconteceu naquela noite foi, para mim, o beijo de Mariana.

14

A tese consoladora, apaziguadora, tirada da minha própria cabeça havia anos, segundo a qual a masturbação podia ser colocada no mesmo patamar da relação sexual propriamente dita e, portanto, eu não precisava me preocupar com a ausência desta última na minha vida de solteiro, começou a ruir nos dias que se seguiram à grande manifestação. Tentava desengavetá-la, como de costume, mas ela se esboroava. Eu não conseguia nem mesmo uma ereção. Tive a certeza, então, de que a responsável por isso tinha um nome começando com a letra "m" e um rabo de cavalo canhoto. Era sexta-feira. Ainda de casa, antes de sair para a redação, telefonei para Mariana e a convidei para um chope no fim da tarde, depois do trabalho. Fomos a um boteco na Joaquim Eugênio de Lima.

Contei-lhe de imediato algumas histórias do casal Durcan, ela me deu detalhes sobre a sua família comum de classe média – pai dono de uma papelaria, mãe dona de casa, um irmão três anos mais novo fazendo faculdade de administração e ainda morando com eles, em Campinas. Falamos depois sobre o trabalho na revista, e Mariana fazia cara de achar interessante e engraçado tudo o que eu dizia. Fiquei até mesmo surpreso, cheguei a achar forçado, como se ela quisesse me agradar e ao mesmo tempo se mostrar alegre e curiosa. Alguns chopes mais tarde, constatei que eu também queria me mostrar assim para ela. Quanto tempo isso durou? O tempo dos petiscos, talvez. Acho que o garçom percebeu. Ele, afinal, também fazia tudo para me agradar – profissionalmente, inclusive, abria a garrafa de cerveja com uma mão só, apoiando-a no ombro esquerdo, como numa performance kitsch.

Era tudo inusitado ali: eu pensava em como agir, quais assuntos desencavar para entreter Mariana, os olhos verdes dela pregados, como se diz, em mim, à espera, queria pegar nas mãos dela, e, aos poucos as coisas foram mudando, ou eu é que fui mudando; talvez por causa do chope, da sequência de chopes, a bem dizer, senti uma ousadia se formando e se intensificando em nós dois ao mesmo tempo, tão impositiva que, não sei precisamente como nem em qual cadência, mas com certeza ambos cambaleando pelas calçadas, dali a algum tempo estávamos no apartamento dela, a três quadras dali – uma localização providencial, pois o meu, além de mais distante, seria inapresentável, para não dizer brochante, de tão vazio.

Mariana tinha fotos espalhadas pela sala, pelo banheiro, pelo quarto. Coloridas, em branco e preto, mais ou menos abstratas. Eu poderia passar dias, meses ali, e não conseguiria dar conta de tantas imagens, tantos detalhes de edifícios em construção, bancos de praça, árvores. Fiquei percorrendo as paredes com o olhar, como o visitante de uma galeria, até que ela, de volta do banheiro, me propôs uma sessão de fotografias em que eu posaria e ela registraria o nosso momento ali. A rigor, era uma proposta lógica, até mesmo previsível, mas, acima de tudo, tão ansiada por mim que, habituado como sou a não ver os meus desejos realizados, caiu dentro do meu cérebro como a fantástica e indizível surpresa de um prêmio da loteria.

– O que eu devo fazer?

– Não faça nada. Deixa que eu dirijo.

Na minha timidez apenas parcialmente eliminada pelo álcool, logo me deixei conduzir. Primeiro foram poses formais, quase solenes, sentado à mesinha branca da sala minúscula, depois de lado fingindo olhar a noite pela janela; em seguida na cozinha, brincando entre o fogão e a geladeira com uma panela e uma faca enorme nas mãos. Veio então, bem mais rapidamente do que eu esperava, o quarto. Mariana subiu em uma escada de alumínio armada entre o armário embutido e a cama de solteira e pediu que eu olhasse para o teto, onde havia fotografias também, cenas da cidade, alguns retratos de rostos de perfil, como era a maioria dos que havia no apartamento. E foi fotografando, fotografando, dando pequenas orientações, fazendo pedidos, e, nesse embalo, se impôs um fenômeno inédito para mim: comecei a fazer poses extravagantes e a mirar a máquina com olhos estupefatos; senti que me soltava e que ela me olhava no fundo dos olhos através da máquina e, estranhamente, não me intimidava, ao contrário: como nunca antes, assumi o papel de modelo sedutor, cheguei até mesmo a pôr a língua para fora e a fingir sensações, expressões de sensualidade. Mariana me incitava a avançar nessa espécie de transe.

Não demorou mais de vinte minutos, me peguei em um estado de excitação quase incontrolável, especialmente quando, ainda deitado, a máquina dela se aproximou do meu corpo de uma maneira que me levou a puxar os seus cabelos, forçando um movimento que a desequilibrou, fazendo-a cair sem qualquer resistência ao meu lado. A máquina se soltou das mãos dela, que agora me apalpavam. Não sei quanto tempo passou a partir desse momento. Sei que a cama logo ficou pequena para os nossos dois corpos e para os movimentos deliciosamente involuntários que passamos a fazer juntos antes de cair exaustos, suados e serenos sobre o carpete verde-musgo, onde por fim adormeci.

Sou obrigado a admitir que as noites com Mariana desde aquela sexta-feira geraram uma mudança imediata e significativa, para não dizer radical, nos cálculos de horas úteis da minha vida aos quais já me referi. Em resumo: elas tiveram um aumento de pelo menos setenta por cento, o que é, insisto, bastante significativo, tão significativo que, a esta altura, já não penso em contabilizá-las daqui para frente, e espero não conhecer no futuro muitas recaídas (será possível não haver recaídas na vida de alguém?) que me obriguem a fazê-lo.

15

Algumas semanas depois, em um sábado à tarde, Marcel pediu que eu subisse até a casa dele. Entrei e vi que a porta do quarto estava fechada. Rachelyne dormia.

— Vou te mostrar, Jorginho.

Ele tirou do meio de alguns livros que ficavam na estante da parede principal uma lata em forma de círculo do tamanho de um LP antigo, com uma espessura de sete ou oito discos juntos um sobre o outro.

— Isso aqui é o original.

Havia uma etiqueta branca, com os dizeres: *R. et R. 1972*. Manuseei o objeto como se fosse uma relíquia, deixando-o depois sobre a mesinha de centro enquanto ele colocava uma cópia em DVD para me mostrar na televisão. Avançou a fita de imediato para o depoimento de Rachelyne, que era o segundo, saltando o do outro *R*, que me disse ser de um certo Rudolf, que eu poderia até ver em outro momento – ele sabia que eu não tinha aparelho DVD na minha casa. Senti que estava apressado, como se quisesse aproveitar o sono de Rachelyne para me mostrar algo às escondidas.

– Ela não gosta que eu mostre esse filme. Se acha feia nele, e triste. Mas eu acho que ela está linda. Triste, sim, mas está linda, entende? Você vai ver.

Rachelyne foi filmada no apartamento parisiense dela, sentada à mesa, com uma gravura de um campo verde e montanhas atrás, uma paisagem bucólica. Falava lentamente, como de improviso, como se puxasse lembranças com um carretel do fundo de uma caixa, o que, com a ajuda de Marcel como tradutor-intérprete, me permitiu entender quase tudo o que dizia. Não olhava para a filmadora, mas sim para uma janela, explicou Marcel, ao lado da qual ele estava sentado. Em tom monocórdio, era a sua história, desde a prisão em fevereiro de 1944, na cidadezinha onde morava, por agentes da Gestapo que passaram por cima das autoridades locais, levando Rachelyne e o pai, até a sua fuga com um pequeno grupo de Theresienstadt e sua captura por soldados americanos que a deixaram em Praga, em junho de 1945, de onde foi levada para Paris. Nesse intervalo de tempo, passou inicialmente pela prisão de Sainte-Anne, em Avignon, depois por Marselha, em seguida o campo de Drancy, ao norte de Paris, de onde, com o pai, foi levada de trem – em um vagão para animais lotado com mais de oitenta pessoas – até o campo de concentração de Birkenau-Auschwitz, mais tarde para o de Bergen-Belsen, Raguhn e Theresienstadt. Tinha dezesseis anos.

Embora tenha conseguido voltar, nunca mais pôde ver o pai, provavelmente assassinado pouco tempo depois de terem sido separados na chegada a Birkenau. Rachelyne contava muitos detalhes escabrosos da vida nos campos de concentração por onde passou, a fome, os espancamentos permanentes, tifo, traições, disenteria, a tatuagem do número de inscrição no braço, atitudes heroicas, gestos de coragem e dignidade, ela dizia ter conhecido ali, em alguns momentos, um amor desinteressado, que surgia do nada, um amor, eram palavras dela no filme, talvez mais denso do que os grandes amores que se encontram em liberdade, e falava de membros gangrenados, um cheiro de excremento e de corpos em decomposição, os pesadelos, as mortes a cada minuto, os berros, o crematório e sua fumaça densa e escura, as câmaras de gás de onde se retiravam os cadáveres, às centenas, empilhados e nus.

Meus olhos permaneciam estáticos diante da TV, eu engolia em seco, a voz de Marcel soando suavemente ao meu lado, mas três histórias, em especial, tiraram muitas lágrimas de dentro de mim. A mãe guardara para ela havia anos um penhoar branco para que vestisse na lua de mel que um dia, na sua imaginação, certamente viria em breve, um penhoar que Rachelyne, no entanto, queria usar bem antes, pois gostava dele e nem sabia se ia casar. No momento da prisão, a casa em plena convulsão, conseguiu surrupiar o penhoar e o guardou na maleta que deixava sempre preparada – a conselho do pai – para uma necessidade de fuga, e achava mesmo que estava fugindo, até ser pega pelos agentes da Gestapo a poucos metros da casa. Ao longo dos dias, antes de chegar a Birkenau, abraçava-se a ele, conseguindo mantê-lo consigo quase milagrosamente, mas nunca o vestiu, pois, assim como as frutas que conseguira levar, também a maleta foi imediatamente confiscada na chegada ao campo. Rachelyne contou também a "aventura" que foi ficar escondida por duas horas, junto com uma companheira, dentro de um caixão fúnebre no momento tumultuado em que os alemães tentavam destruir tudo e matar o que havia de gente ainda no campo quando a guerra, para eles, já estava perdida. E confesso que chorei abertamente quando contou o pequeno diálogo entre ela e o pai, ainda em Drancy, quando não sabia o que a esperava: "Nós vamos trabalhar bastante lá e poderemos nos encontrar aos domingos", ao que o pai retrucou: "Você talvez ainda volte, porque é jovem. Eu não voltarei" –, e ele, de fato, nunca voltou. Ainda sobre o pai, contou que, poucos dias depois da chegada a Birkenau-Auschwitz, ele conseguiu fazer chegar a ela, por intermédio de um eletricista, um bilhete com duas ou três palavras, um bilhete que ela depois acabou perdendo no terror do campo e palavras que nunca mais conseguiu lembrar quais eram.

— Bem, vamos guardar tudo isso, Jorginho. Se ela sabe que te mostrei, vai ficar muito brava comigo.

— Entendo.

Encerrada a sessão, pedi um copo d'água e, enquanto bebia, tive a sensação de ser um privilegiado por poder ter assistido àquilo. Marcel, tirando o DVD para recolocá-lo de volta na estante, comentou:

— Muitas vezes o que mais tememos não é a morte, mas a própria vida, sabia? A liberdade e os riscos que ela coloca. A gente tem medo disso. Inventamos inimigos imaginários. Eu gosto de ver esse filme, Jorginho, e queria mostrar para você. E ele não tem nada de imaginário. Me traz de volta para o nosso mundo.

Eu estava acachapado, eis a palavra. Apenas respondi, mecanicamente:

— Entendo.

Bebi mais um pouco de água, respirei fundo.

— O filme foi exibido muitas vezes na França?

Marcel respondeu que sim, uma dúzia de vezes em diferentes instituições. Mas que, depois disso, Rachelyne pediu que não o mostrasse mais publicamente enquanto estivesse viva. Não queria aparecer, não queria dar entrevistas nem palestras.

— Tem gente que fica ruminando tudo, Jorginho. Vivendo do passado. É sintoma de depressão, viu? Se você estiver assim, tome cuidado. Às vezes beber um pouco ajuda, sabia?

— Mas é você que sempre defende a importância do passado, não é, Marcel?

— Claro que sim. Mas uma coisa é viver no registro do passado, entende? Outra coisa é viver no registro do presente, como a gente tem que fazer, e o passado está ali, como um componente da nossa máquina, mas não é ele que dispara o flash, entende, Jorginho?

— Entendo.

Despedimo-nos e, no meu apartamento, ainda com a voz de Rachelyne percutindo amargamente na minha cabeça, lembrei daquela conversa sobre ter um "lugar na sociedade" de quando Marcel me falou do desejo de abrir uma oficina de conserto de máquinas fotográficas e filmadoras antigas. A minha sensação, agora, era de que depois dos campos Rachelyne nunca reencontrou o dela e de que eu mesmo ainda precisava definir o meu, e com urgência. Senti, sobretudo, como era imensa a distância existente entre as histórias — muito reais e concretas — dos Durcan e as minhas aventuras, quase cem por cento virtuais, que, submetidas ao contrapeso de um cotidiano banal e nada promissor, não me expunham a risco algum, mas que, talvez por isso mesmo, também me deixavam na boca um gosto azedo, permanente, de irrealização.

16

Há no prédio uma sala com equipamentos de ginástica, com uma plaquinha sobre a porta de vidro dizendo "academia". Fica ao lado do espaço para festas, o qual contém, por sua vez, uma churrasqueira. De tal modo que tanto quem está se exercitando numa esteira quanto quem está preparando um filé na brasa podem se entreolhar, numa troca de pensamentos que eu imagino como sendo mais ou menos assim: você se cuida, eu não me cuido – mas sem estar claro, ao menos para mim, quem diz o quê. A ideia de frequentar a academia veio de uma conversa com Marcel, quando ele um dia me mostrou uma brochura intitulada *Método de ginástica da Força Aérea Canadense*. O assunto, nessa ocasião, era alimentação.

– A refeição mais importante é o desjejum, Jorginho. Aí a gente come o que quiser, e bastante, sem problemas. O resto é contenção, entende? E ginástica e caminhadas.

Ele usa o método canadense há pelo menos trinta anos, exercitando-se durante meia hora todos os dias. Flexões, alongamentos, saltos, abdominais. São movimentos básicos, fazendo lembrar uma aula de educação física rudimentar do ensino fundamental. Mas muito eficazes, diz ele. Falou-me, então, de um personal trainer que morava no quinto andar e que passava boa parte do dia "malhando" no térreo. Se eu concordasse, ele o procuraria – chamava-se Rubens – e o convenceria a nos dar algumas orientações gratuitamente. A proposta soou como música nos meus ouvidos, como se diz. Naqueles dias eu começava a sentir uma necessidade não explícita de me aprumar, inclusive fisicamente. Queria me sentir bem, ficar mais compatível com a existência de Mariana ao meu lado. Minha intenção não era impressioná-la. Mais do que isso: precisava me alçar, aos meus olhos, à altura dela, merecê-la. E isso passava pelo aspecto físico, uma ânsia de recuperar a autoestima evaporada havia alguns anos.

As aulas não eram propriamente gratuitas. Fizemos um acordo informal com Rubens: ele nos passaria instruções precisas, programas, roteiros de exercícios e nos acompanharia vez por outra na sala de ginástica em troca de aulas de francês ministradas por Marcel e por Rachelyne no apartamento do casal, e de uma revisão, feita por mim, nos textos que ele escrevia para fazer sua propaganda e transmitir recomendações aos alunos, alguns dos quais eram recebidos no próprio prédio – clandestinamente, diga-se, como se fossem amigos, já que o regulamento do condomínio proíbe a exploração comercial da academia por parte dos moradores. Aliás, o nosso silêncio – meu e de Marcel – em relação a essa contravenção fazia parte do pacto.

Nas primeiras duas semanas, tudo correu bem. Depois de me familiarizar com os equipamentos, percebi que podia até mesmo dominá-los, usá-los para o meu proveito sem temê-los como acontecia antes. Cheguei a suspender as idas ao futsal, cada vez mais esporádicas, na ACM da Nestor Pestana; embora Rubens as achasse complementares à nossa nova atividade, eu não tinha tanta disposição para as duas coisas, admito. Marcel, por sua vez, parecia se divertir nas aulas; aquele espaço era para ele um playground, não uma sala de ginástica. Fazia provocações, ironias, perguntando, em pleno exercício, sobre quais seriam os meus projetos em relação a Mariana, dizendo que Rachelyne estava curiosa, só falava nisso desde o dia da passeata e queria oferecer um jantar o quanto antes ao que ele chamava, em plena sessão de ginástica, de "o novo casal da cidade".

Como sempre, ao me ver realizando gestos desengonçados ou nocivos, fazia questão de lançar algum de seus infinitos conselhos:

— Não se amarra o tênis com os pés no chão, Jorginho. Assim com o tempo você vai arrebentar a coluna. Tem que dobrar a perna e apoiar na outra, aí sim amarrar, mesmo que o laço fique torto. Melhor um laço torto do que uma coluna torta, concorda comigo?

Aconteceu, no entanto, que, embora pequeno contraventor, Rubens era um jovem disciplinado, com bastante técnica, que levava muito a sério a sua profissão. E, se essas qualidades, em especial o seu conhecimento de como estimular a musculatura de octogenários, foram muito úteis nas sessões iniciais, em poucas semanas elas viraram ao avesso e se mostraram trágicas — por culpa principalmente, admito, de Marcel —, por dois motivos. Primeiro: meu amigo se revelou um péssimo professor de francês; impaciente; sem qualquer metodologia; um impostor nesse item — e Rubens se queixou a mim, um dia, de que não aprendia nada com aquelas supostas aulas, nas quais, segundo ele, Marcel ficava divagando sozinho sobre inúmeros assuntos ou apenas dialogava com Rachelyne para o aluno escutá-los, sem, no entanto, disse Rubens, dar-lhe a menor chance de acompanhar a conversação. A outra razão tinha um caráter mais subjetivo, mas, dado o temperamento militar do personal, eu não tive energia suficiente para refutar seus argumentos. Ocorre que Marcel se recusava a usar roupas de ginástica: vinha às sessões de bermuda, camisa social colorida de manga curta, meia de nylon tradicional e um tênis comprado em Paris nos anos 1990 totalmente antiquado e inapropriado para "malhar". E a tolerância de Rubens nesse quesito era zero. Em menos de um mês tivemos de romper o nosso contrato, e eu, por solidariedade aos Durcan, também abandonei as aulas.

O resultado foi que fiz uma cópia do manual da Força Aérea Canadense e passei a aplicá-lo com a maior disciplina possível, o que significava duas ou três vezes por semana, com um esforço especial no caso dos abdominais. Sei que Marcel também voltou ao método, mas passando a praticá-lo na "academia", como se quisesse marcar território, provocar, já que o personal obviamente continuava a frequentar o mesmo espaço – ninguém o utilizava tanto quanto ele no condomínio – várias horas por dia. Mais do que brincar com a esteira, a bicicleta ou os pesos coloridos, porém, o que parecia atrair Marcel à sala de ginástica com mais assiduidade até do que quando ainda vigorava o contrato com Rubens era a certeza de irritá-lo profundamente com a sua simples presença.

De minha parte, o progresso era evidente, e eu já conseguia me apresentar ao trabalho, na revista, com muito mais altivez, adquirindo segurança crescente no relacionamento com Mariana, o que era favorecido, cabe dizer, pelo meu desempenho sexual bem acima do razoável e que ela sabia estimular com maestria. Vez por outra havia uma recaída, devo dizer. Era como se um espectro de Suzana, ao lado dos meus pais, aparecesse de repente no quarto ou no banheiro dizendo algo do tipo, "nunca se esqueça do que aconteceu, não se deixe levar pela ilusão da felicidade, que o tombo será sempre maior...". Eu então me escorava nesse sofrimento para justificar alguma paralisia, um estremecimento, um tremor que atravessava o meu corpo. Mas também aprendi a reagir a esse freio buscando em outra parte, na sala, na área de serviço ou na cozinha, a imagem de Mariana, com uma mensagem oposta, muito mais madura do que eu podia esperar da parte dela: "Isso é parte da sua história, não tem por que apagar ou esquecer, mas você precisa transformar o luto em memória e incorporar essa tragédia ao presente, não como obstáculo, mas como ponto de apoio, agora nós é que vamos construir a nossa história também." E, finalmente, quando invocava Marcel ou Rachelyne, seja no hall do prédio, seja no apartamento-refúgio deles, a sua mera imagem já construía uma síntese, uma fusão aprimorada das duas vertentes. E era disso que eu mais precisava.

17

Há pouco menos de um mês, quando meu namoro com Mariana começava a se firmar, eu voltava de uma caminhada (a primeira que fazia) quando encontrei Marcel no sofá do hall. Pelo olhar que me lançou, senti que estava à minha espera. E era isso mesmo. Os olhos dele eram outros; ele parecia catatônico. Os cabelos revoltos tinham se enxugado da exuberância de sempre, o corpo largado no sofá, os movimentos lentos, é como se tivesse demorado em me reconhecer. Sentei ao lado dele:

— Bom dia. Fiz quase três quilômetros, acredita?

Marcel desviava o olhar, uma atitude rara nele:

— A Rachelyne já não está entre nós, Jorginho.

Marcel fez o anúncio secamente, olhando para o piso de pedra mineira.

— Como assim? — perguntei.

— Ela deixou esta cartinha no criado-mudo.

Só então notei o papel sobre o braço do sofá. Nada me ocorreu para dizer. Era como se toda a luminosidade que havia em torno de nós naquele hall tivesse se apagado e meus olhos não mais recebessem reflexo algum.

— Vamos lá fora.

Puxou-me pela mão, sim, pegou na minha mão pela primeira vez, e nos sentamos nas espreguiçadeiras ao lado da trepadeira de flores roxas.

— Vou ler traduzindo para você.

Eu não sabia o que dizer, estava zonzo.

— Você não precisa fazer isso, Marcel.

— É bem o contrário. Eu preciso fazer isso. E preciso que você escute bem, Jorginho.

Esfregando o polegar esquerdo sem parar, para cima e para baixo, no papel, como sempre fazia ao ler jornal, as mãos trêmulas, ele aproximou a carta do rosto.

Pronto. Desculpe a grandiloquência, meu querido, mas tenho que dizer que cansei de ser um peso para você e para o mundo. Cansei da velhice e das nossas rugas e das nossas limitações. Cansei de contar e recontar a minha própria história e a nossa história para mim mesma. Cansei do meu passado, do nosso passado e da ausência de futuro. Eu sei de onde venho, sei por onde passei, mas sei também que daqui não vou para lugar nenhum. Conheço e me orgulho de cada uma de minhas rugas, mas cansei delas e da minha companhia. Você sempre diz que para que a humanidade emerja dentro de nós é preciso conviver com outros, não é, querido? Nunca mais esqueci essa que foi uma das suas primeiras lições para mim. Pois cansei de ser humana e de desconfiar de todo mundo. Precisamos aceitar aquilo que somos, não é? Podemos mudar de vida, mas não de personalidade, de caráter, de corpo. Você lamenta e critica a minha memória, diz que lembro de coisas demais, que não tenho que ficar lembrando tantas coisas, nem do meu passado, nem do nosso passado. Ora, ora, a quem você pretende enganar? Nos conhecemos há mais de quarenta anos. Como posso escolher o que vou lembrar e o que não vou lembrar? Sua performance pública sempre rocambolesca e bem-sucedida pode encantar certas plateias, mas, acredite, não me impressiona mais, em nada, querido. Mas não pense que isso é uma crítica. Você sabe que não é. O problema não é você; sou eu. Não suporto ver o mundo e muito menos você com indiferença. Não suporto mais me fingir de surda nas conversas. As coisas é que parecem ter silenciado para mim. Não querem me dizer mais nada. A autorização que a idade me dá de ser preguiçosa e desprovida de curiosidade, de falar as besteiras que quiser, não, isso não me consola. Tenho chorado demais nos últimos meses, muito mais do que seria normal na nossa idade. A dignidade se foi, querido, ela não está mais aqui comigo, se é que esteve em algum momento depois dos campos. Mentira. Esteve sim comigo, nos nossos momentos. Mas a minha força vital, aquela mesma que você conheceu tão bem, não está mais comigo. Mas não se preocupe, não me desespero, ao contrário: sou como um mosteiro neste momento. Então, melhor abreviar os rituais. Não é culpa sua. Culpa? Eu disse culpa? Ninguém leva uma vida perfeita. Ninguém pode atirar a primeira pedra na mulher adúltera, não é? Isso não existe, não é verdade? Sei disso desde que os guardas se apropriaram do penhoar branco em Birkenau, ah, o Bosque de Bétulas! Culpa. Oh! Que palavra mais antiquada! Cansei de não ter tido filhos e ficar chorando por isso o tempo todo. Até porque, que merda de mundo eles teriam de encarar, não é? Cansei da angústia de saber de onde vim e que não vou para lugar nenhum. Aceitar viver com a aflição como parte inerente da vida ou buscar a fé, alguma transcendência para mitigá-las? Faça-me o favor! Esse último caminho nunca me foi acessível.

Jamais consegui encontrar, nem mesmo nas noites mais escuras. E olha que procurei, querido! Quanto ao outro caminho, cansei. Valores morais? Dinheiro pouco? O que é isso, meu querido? Besteira. Discurso, palavras, discurso, palavras, discurso. A fé acabaria se fosse possível demonstrar a existência de Deus, não é verdade? Não quero dar uma de Zweig, por isso é que para essa aventura eu não te convidei, para mais essa aventura, essa não, não acho que seria justo, necessário, a hora não chegou para você. Não gosto do meu corpo. É como se ele ainda carregasse os traços do primeiro olhar lançado por um homem sobre mim, o olhar de um nazista. Eu nunca havia mostrado a minha nudez antes daquilo, sobretudo com a pele de menina que acabava de ver surgirem os seus seios e tudo o mais. Por isso, me despir, para mim, foi durante muito tempo algo associado à morte, ao ódio, ao olhar gélido de Mengele, esse demônio do campo encarregado da seleção, que nos fazia dar uma volta com o corpo nu com a ponta da sua bengala e decidia quem ia viver ou não. Não é vergonha ter câncer, querido. Mas morrer dessa merda, isso não. Isso não é possível. Ainda se eu tivesse algum deus para me agarrar, para abrandar as dores. Lembra do poeminha do vinagrete? A parte de azeite é maior, mas o molho se chama vinagrete porque a presença do vinagre é mais forte, mais intensa. Mas não, não me interessa, agora, a tua metafísica. Se você não é livre, porque tem de viver acorrentado em mim, então eu também não posso ser livre. Minha liberdade depende da sua. Hugo dizia, e você sabe: "salvemos a liberdade, que a liberdade cuida do resto." Você sabe que não é a primeira vez que eu penso nisso, mas agora, com essa doença maldita, ou bendita para mim, o gesto ficou mais ao alcance dos olhos, ou da mão. Não tenho nada que me impeça. Sinto orgulho de mim. Está na hora. São estes comprimidos branquinhos e pronto! O sofrimento e a dor não me tornam melhor, muito menos livre, não fiquei uma pessoa melhor só por ser uma colecionadora, quase uma recordista de dores ao longo de mais de oitenta anos. Isso mesmo: muito menos livre. Não sou masoquista. Depois de tudo que passei, não quero me ver morrendo aos poucos por causa dessa porcaria de doença e ver você morrendo junto, afundando na minha dor. Não seria justa comigo mesma, nem com você. Não serei um fardo para você, meu velho trapaceiro. A vida, a gente sabe, não tem sentido algum. Somos nós, cada um de nós, que damos um ou outro sentido para ela, não é, querido? O *sentido que queremos ou podemos dar, meu querido. Sempre querendo ser admirado, não é? Adulado de alguma forma? O Zeca, carinhoso, vai cumprir esse papel para você. Você sempre me disse para estar presente nas coisas que faço, para não me dispersar, não é? Mas agora não dá mais. Já dei o que tinha de dar. Angústia? Ansiedade? Medo? Não sei nem mais o que é isso. Só restos de sonhos. Fragmentos. Melhor esquecer certas coisas, minhas, tuas, nossas, de todo mundo. Falemos do fim da vida. Você talvez nunca esteja disposto a falar sobre isso, não é, querido? Eu me sinto pronta para dizer sim ao fim. Então, eu digo, serenamente: sim, fim. Sei que você vai dizer que é covardia. Depois de tudo o que eu passei. Besteira. E que estou sendo egoísta – nisso você até tem razão, em parte. Mas não dá mais para viver assim: seria muito torturante para mim e para você. Não tenho mais forças. Melhor partir em paz. Repito: são só essas pílulas, e pronto! Não sei onde foram parar os meus primos, meus tios, meu pai – ele bem disse que eu ainda podia me salvar, porque era jovem, mas que ele não, ele não voltaria mais. Você se lembra da história do bilhetinho que ele deu um jeito de me mandar por um eletricista em Birkenau. Por que eu fui perder aquele bilhetinho? E por que nunca mais consegui lembrar o que eu tinha efetivamente lido ali? Não eram mais do que cinco palavras. E ele não voltou para me dizer, ao vivo, o que tinha escrito. Todos mortos na loucura dos campos. Não faço ideia do que foi feito com os seus corpos – provavelmente viraram estrume, não é? Como se fazia lá, tantos corpos eu vi trucidados em Auschwitz, não é verdade? Se meu pai tivesse voltado no meu lugar, teria sido bem melhor para minha mãe, para a minha família (no mínimo teria evitado os suicídios de meus irmãos, não acha?) e para o mundo. O meu corpo? Não sei o que você vai fazer com o meu corpo-cadáver, querido. O crematório é uma hipótese fora de qualquer cogitação, por razões óbvias, concorda, querido? Enterrar? Para quê? Já tive essa experiência passando aquelas duas horas escondida dentro de um caixão em Bergen-Belsen, foi o bastante, querido, e muita gente depois achou que tinha mesmo morrido ali, até que aqueles SS me descobriram e espancaram até não poder mais, você sabe disso. Agora, o que você vai fazer com o meu corpo, o que ainda resta dele, não será mais um problema meu. Mesmo assim, para não perder a mania, tenho um conselho, uma sugestão, uma ideia, para não dizer um pedido: o melhor seria atirar fora, lançar, como um pacote, dentro de um saco de lixo (na posição fetal eu devo caber em um saco plástico consistente de cem litros preto, essa é a minha dica), jogue no rio Pinheiros ou enterre num terreno baldio, em uma fossa qualquer. A esta altura, querido, não devo pesar nem quarenta quilos. Seria bem mais nobre do que desaparecer ou virar cinzas dentro de um forno — se é que você entende a relevância desse último aspecto para mim (é claro que entende: forno, eu insisto, realmente não dá!!). Essa é a vantagem de não ter parentes e de estar em uma terra de desconhecidos. Ninguém para ir ao enterro nem para lamentar o meu sumiço. Será que, no fundo, foi para isso que viemos para o Brasil? Você vai saber. Dê um jeito. Mas, querido, meu muito querido e amado, você mesmo, que eu amei tanto, tanto, cuide bem do Zeca (ele merece), cuide de estar sempre limpa aquela faixinha branca dele que vai da garganta até o ânus, a espinha dorsal exposta do Zeca, como você diz, não é, querido? Bem, é isso: no fim das contas, quem se vai primeiro sou eu! Quem diria, não é? E quem sabe você agora não dá um jeito de realizar o teu sonho de voar. Chega! Fique amorosamente com a nossa canção, meu querido:*

Eis-me aqui desligado do mundo
No qual desperdicei muito do meu tempo
Faz tanto que nada se ouve a meu respeito
Que podem muito bem achar que já estou morto!
A bem da verdade, pouco me importa
Se estou morto aos olhos dele!
Não tenho nada a dizer em contrário
Pois certamente já morri mesmo para o mundo
Estou morto para o mundo e sua agitação
E descanso em um lugar tranquilo!
Vivo solitário no meu céu
No meu amor, na minha canção!

Marcel nunca, nem mesmo naquela conversa no bar perto da Paulista depois do jogo no Pacaembu, me contara desse câncer. Ao contrário, sempre falava da capacidade exemplar e invejável de Rachelyne de resistir e enfrentar obstáculos. Foi dele, aliás, que ouvi pela primeira vez a palavra "resiliência", como sinônimo de capacidade de recuperação e superação de traumas, recompondo de alguma forma aquilo que havia antes.

— A gente nunca chega a conhecer uma pessoa totalmente, Jorginho. Você não sentiu na carta dela um certo rancor em relação a mim? Jamais imaginei que isso pudesse existir. Mas Rachelyne, minha querida, é assim.

Eu disse que não tinha sentido nenhuma hostilidade na carta.

— Acho que é uma interpretação equivocada, Marcel. Pelo contrário: eu só vi amor na carta dela, carinho, uma vontade de que você continue a viver bem.

Deu um sorriso tímido.

— Ela e eu sempre achamos que quem ia embora primeiro seria eu.

18

Rachelyne era, com efeito, tão miudinha que seu corpo coube sem dificuldade, na diagonal, no porta-malas do meu carro. Não sei bem o que Marcel ficou fazendo ao lado dela durante as quase doze horas que se passaram entre a nossa conversa, no finalzinho da manhã, e esse momento. O fato é que, quando eu e Mariana — a comprovadamente providencial ideia de convidá-la para ajudar foi do próprio Marcel — chegamos ao apartamento dele, por volta das dez da noite, o cadáver já estava embrulhado com sacos plásticos de lixo preto, como Rachelyne havia sugerido, amarrados com cordas azuis. Não posso deixar de dizer que fiquei surpreso com a aceitação imediata de Mariana de integrar aquele pequeno e peculiar grupo de ação. Pode ter sido em respeito à dor de Marcel, pode ter sido gosto pelo perigo e pelo inusitado, talvez uma ânsia de entrar na minha vida ainda mais, por qualquer via que fosse. Talvez eu só venha a entender tamanha prontidão quando me for possível compreender a minha própria disponibilidade imediata em ajudar Marcel nessa tão arriscada e quase farsesca missão.

Desci para pegar o carrinho de supermercado de uso coletivo na garagem. Como Rachelyne já estava bastante enrijecida, o trabalho foi apenas de erguê-la – no máximo quarenta quilos –, colocá-la no carrinho como faríamos com um tapete enrolado ou um relógio de pêndulo antigo e descer – os quatro... – pelo elevador. Externamente, quem por acaso visse a cena, e ainda mais conhecendo os Durcan, não estranharia em nada a situação: era mais um dos tantos objetos que transitavam entre o térreo ou a garagem e o apartamento deles. Apesar disso, foi impossível não falarmos sobre o caso Matsunaga, um empresário do setor de alimentação assassinado e esquartejado com serra elétrica há pouco tempo em São Paulo pela própria mulher e que também o baixou pelo elevador do prédio.

– Mas eu não matei ninguém. O que podem fazer comigo? Ninguém conhece ela aqui. Não tem parentes. Nada. E eu também não tenho mais nada a perder.

Mariana, friamente, disse:

— Se alguém um dia perguntar alguma coisa aqui, você diz que ela voltou para a França.

— Ninguém vai perguntar nada. Rachelyne só existe para mim. E só vocês sabem disso tudo.

Marcel queria levar o corpo para algum matagal perto do Parque Ecológico do Tietê, a caminho do aeroporto de Cumbica. Eu e Mariana já tínhamos conversado à tarde sobre o assunto, nossa ideia parecia mais segura, e não foi difícil convencê-lo. Peguei a avenida Pacaembu, a marginal Tietê e em quarenta minutos chegamos a uma rua deserta na Vila Brasilândia, na zona noroeste, onde eu sabia que havia um riachinho, a bem dizer, uma vala com uma água rala passando. Dos poucos locais distantes do centro que eu conhecia, era o menos arriscado. Confesso que hesitei nesse momento, e pensei em propor que voltássemos atrás, quem sabe não seria melhor procurar alguma instituição judaica, um asilo, o próprio cemitério, e fazer tudo às claras. Acho que estava com medo, essa é a verdade. Mas os dois se mostravam tão decididos — cheguei a fantasiar que até mesmo Rachelyne, muda no porta-malas, instava-os a agir assim — que, em respeito a ela e talvez não querendo parecer covarde, guardei as reticências para mim; sufoquei-as, a bem dizer.

Na esquina, no muro lateral de uma escola pública que parecia abandonada, perto de uma antiga fábrica de carrocerias de caminhões – essa era a razão que me levara a conhecer o lugar, por conta de uma reportagem para a revista – havia uma caçamba, provavelmente colocada ali para recolher os entulhos de uma obra em um sobrado vizinho à escola. A iluminação era precária. O silêncio era total. Não havia luzes acesas em nenhuma das casas. Ninguém mais na rua além de nós... quatro. A caçamba estava lotada. Na parte inferior, até a metade, muitas pedras, uma dúzia de sacos brancos cheios de material, uma pia e dois vasos sanitários brancos quebrados, ripas de madeira; em cima disso tudo, várias caixas de isopor ou de papelão e entre quinze e vinte tábuas de madeira de tamanhos diversos. Mariana insistiu em deixarmos de lado a ideia inicial da vala. Com o aval de Marcel, então, abri o porta-malas, puxei Rachelyne pela cabeça – creio que era a cabeça, mas, a rigor, podiam ser os pés – e a colocamos por baixo das tábuas e caixas, acomodando-a entre os sacos, na expectativa de que tudo fosse recolhido e despejado em um lixão qualquer naquela mesma noite.

Apesar da pressa e da tensão que a circunstância impunha, achamos cabível a ideia de Mariana de registrar o momento: em poucos segundos, ela armou o tripé, pôs a câmera no automático, deu uma corridinha e fez a foto de nós três, em pleno início de madrugada, em torno da caçamba, com uma ponta daquele saco plástico preto aparecendo atrás, encaixado entre os entulhos. Nenhum de nós está sorrindo na imagem, mas é possível ver que há no ar uma satisfação, uma sensação de "catarse", como disse Marcel ao final de tudo, e, como ele mesmo também disse quando o deixei no prédio antes de levar minha namorada para a casa dela, uma sensação de "dever cumprido". Por outro lado, não tenho dúvida de que termos compartilhado esse segredo foi o passo que faltava para selar de vez a fusão Jorge-Mariana.

19

Marcel se recolheu por alguns dias depois dessa cerimônia heterodoxa. Respeitei o seu sumiço. Uma semana mais tarde, convidou-me para tomar um café. Subi imediatamente, e a primeira coisa que me chamou a atenção foi a barba que começava a se formar em acréscimo ao velho cavanhaque, tão branca e potencialmente espessa como ele. Imaginei que fosse um sinal de luto e preferi não comentar nada.

O apartamento estava como antes. Aquela atmosfera aconchegante de museu ou loja de antiguidades e quinquilharias, aquele mesmo cheiro de poeira, de passado. A diferença é que o rádio estava ligado, algo que, pelo que eu sabia, era proibido, não sei por que, por Rachelyne. Marcel me indicou a estante com alguns livros que tinha na sala e perguntou:

— Não está vendo nada de diferente?

— Bom, estou vendo que você resolveu deixar crescer a barba.

Ele passou as mãos pelo rosto, chacoalhou a cabeça, sorriu levemente.

— Estou falando da estante, Jorginho. Olhe bem. Está faltando alguma coisa.

Olhei com mais atenção e entendi. Ele tinha desaparecido com o documentário sobre Rachelyne. A lata arredondada e o DVD, com efeito, não estavam mais ali.

— O filme...

— Pois é. Espero que isso seja suficiente. Aliás, vai ser, vai ser, meu amigo. Vamos esquecer tudo isso. Esqueça o assunto, está bem, Jorginho. Rachelyne morreu. Viva Rachelyne! Vamos virar o disco, não? Vamos passar para outra coisa. Entrei na etapa da resiliência, entende? Viver a vida...

— O que você fez com o filme, Marcel?

— Não joguei fora, ainda, mas guardei bem no fundo do armário do quarto, atrás de tudo, sabe? Assim ele não fica me cutucando os olhos o tempo todo. Vou levar para o depósito nosso na garagem. Depois, vamos ver.

A firmeza com que ele dizia essas palavras me soou um pouco artificial. Ou pelo menos acredito que, no seu lugar, eu jamais poderia pronunciá-las daquele jeito, embora eu não conhecesse muito bem o significado da palavra "resiliência". O fato é que não consegui imaginar como, depois de décadas de convivência, alguém podia "passar para outra coisa" em apenas uma semana. Na verdade, meu sentimento foi ambíguo: ou estava diante de um sujeito frio, insensível e calculista, talvez um impostor mesmo, que me usara, assim como a Mariana, para se livrar da esposa e de seu passado; ou, nada disso, tratava-se de um homem forte, experiente, com "pele de crocodilo", como se diz, com um acúmulo de sofrimentos tão denso que era capaz de consumir e digerir cada novidade ruim em poucos dias. Não pude resolver essa dúvida, pelo menos não naquele momento, não só porque minha perplexidade superava toda capacidade de raciocínio, mas também porque ele, andando pra lá e pra cá em meio às centenas de objetos da sala, requeria uma atenção máxima da minha parte.

Marcel pegou um envelope amarelo grande que estava sobre a mesinha de centro e o estendeu para mim.

— Guarde para você, Jorginho. É aquela carta que Rachelyne deixou. Não tenho mais nada a fazer com ela e o Zeca, infelizmente, não sabe ler, muito menos em francês!

Peguei o envelope, sem me atrever a abri-lo, sentindo um começo de suor nas mãos. Conhecendo o teor da carta, é como se ela pesasse muito mais do que um saco de cimento, muito mais do que o próprio corpo miúdo de Rachelyne. Um peso indizível, a rigor.

Marcel foi ao banheiro, acredito que sem necessidade real, mas simplesmente para me deixar um tempo sozinho, pois percebera o meu desconforto. Aos poucos, depois que ele voltou e de mais uns bons segundos de silêncio entre nós, entendi a importância desse gesto, como uma certeza inédita, em mim, de uma expressão de três substantivos abstratos muito gastos e até mesmo banais, mas cujo sentido concreto — se podemos dizer assim — eu creio que até então desconhecia pessoalmente: confiança cega, amizade profunda e desprendimento absoluto. Que maldade eu ter pensado, mesmo por alguns segundos, na possibilidade de Marcel ser um impostor! Muito pelo contrário: se alguém podia dar margem para ser visto desse modo, era eu, não ele.

Olhou firme nos meus olhos, apoiou a mão direita sobre o meu ombro esquerdo e, com aquela voz poderosa e aquele olhar vasto, sentenciou:

— Jorginho, ainda preciso te ensinar como abrir uma ostra sem cortar os dedos. Lembra disso? Eu não esqueço das coisas. Não consigo! Talvez esquecer seja agora o maior desafio que preciso enfrentar, entende?

Reagi sem pensar.

— Não se preocupe com isso. Eu realmente não gosto de ostras, Marcel. Não dá para engolir aquilo. É nojento. Nem ostra empanada eu conseguiria provar. Acho que nunca vou comer essa coisa.

— Pois deveria aprender a gostar — insistiu. — Não sabe o que está perdendo. Ainda mais com limão siciliano. Isso sim, mais do que uma viagem ao Guarujá, Jorginho, isso sim é que vai mudar a sua vida de uma vez por todas. Mas você ainda chega lá. Eu garanto! Posso passar um café? Você toma?

— Claro que sim.

Eu não sabia o que fazer com o envelope amarelo. Da cozinha, como se tivesse captado telepaticamente a minha interrogação, Marcel, eu diria, ordenou:

— Senta, Jorginho. Deixe o envelope na mesinha. Vamos conversar. Não nos vemos faz tempo, não é?

Sentei na *bergère* de veludo de Rachelyne. Fumando um cigarro, ele voltou com uma bandeja e duas xícaras, que colocou sobre a mesinha de centro, ao lado do envelope. Em seguida, desligou o rádio.

— Desculpe entrar um pouco na sua intimidade, Jorginho, mas queria te dizer que gostei muito da Mariana.

— Entendo.

— Ela tem uma força... E é bonita, não acha? Eu, se fosse você, não perderia tempo. Ela também pode mudar a sua vida, sabia?

Eu não me sentia à vontade falando sobre esse tema, pelo menos não ali, naquele momento. Talvez estivesse inseguro, não sei. Ou intimidado, ou, ainda, sob o impacto do envelope amarelo. Ao mesmo tempo, tentava lembrar, me certificar, enfim, se já tinha visto Marcel fumando antes ou se aquilo era uma novidade decorrente, talvez, da morte de Rachelyne. Sim, raciocinei, ele não fumava antes da morte dela, pelo menos isso não acontecera na minha frente durante todo o tempo de nossa intensa vizinhança. Concluí, então, que o cigarro servia muito provavelmente de recurso para dar continuidade de alguma forma à presença de Rachelyne em meio aos velhos objetos e em torno da cabeça dele, espalhando fumaça pelo apartamento como ela fazia.

Apenas respondi:

— Gosto dela, sim. Estamos saindo.

— Muito bom.

Sentou-se no sofá, acendeu mais um cigarro com a bituca ainda acesa do anterior, à espera, talvez, de que eu falasse mais sobre aquilo que ele parecia enxergar como sendo a minha nova vida — algo que eu, de minha parte, estava distante de enxergar, ainda. Mas, provavelmente por causa dessa incapacidade de entender o que estava acontecendo comigo naqueles dias — era uma espécie de crise: é certo que havia já algumas semanas que eu não vivia mais o marasmo dos últimos anos, mas também ainda não sentira uma mudança radical, embora, devo dizer, começasse a pensar seriamente que ela estava para acontecer —, provavelmente por isso, eu não queria mesmo, não estava preparado, para falar sobre o assunto. Aproveitei, então, para beber mais um gole de café e usar esse gesto para tentar mudar, digamos assim, a pauta da conversação, convencido, por outro lado, de que eu com certeza tinha muito mais a ouvir dele do que ele de mim.

Ocorreu-me a ideia, então, de inverter a situação, e precisei reunir uma boa dose de coragem para lhe fazer um pedido:

— Conte mais de você, Marcel. Fale sobre você. Essas coisas todas, por exemplo, essa mania de colecionar objetos, vem de você?

Ele não se mostrou surpreso.

— Parabéns, Jorginho. Você leu o meu pensamento, sabia? Eu queria te falar de mim. Acho que nunca te falei de mim, só de Rachelyne ou de nós dois juntos, não é meu amigo?

— É verdade.

— Está com tempo?

— O tempo que você quiser.

Deu uma longa tragada — aos meus olhos, era nele um gesto realmente novo — e foi em frente. O gosto por coisas usadas e antigas foi herdado do pai, que se chamava Paul. Era alfaiate, dono de um pequeno estabelecimento na região próxima à colina de Montmartre com não mais do que vinte metros quadrados onde cuidava de consertar as roupas dos moradores do bairro. Havia duas máquinas de costura, uma para ele, outra para Nadine, a mãe de Marcel, o qual, por sua vez, desde os oito anos de idade, era encarregado de entregar as encomendas na vizinhança. Contou-me que, na infância, o que mais o impressionava era a agilidade com que Paul dobrava as roupas, as encaixava em sacos plásticos transparentes e as embrulhava com um papel cor-de-rosa e barbante branco. O negócio familiar ficava dentro de uma pequena galeria, entre um restaurante que oferecia refeições simples, basicamente para os trabalhadores da região, e um estúdio fotográfico onde Marcel teve os primeiros contatos com câmeras, laboratório de revelação e papel especial para fotografia, além das filmadoras, pelas quais, segundo me disse, foi "tomado de paixão à primeira vista".

Mas Paul era também, e acima de tudo, um colecionador de bugigangas em geral, mesclando com elas, sempre, algum bem mais precioso. Colecionou durante décadas. Havia um cômodo no apartamento da família, perto da Estação Saint-Lazare, reservado só para essa coleção. Segundo me contou Marcel, o pai tinha convicção de que ela valia muito mais do que podia parecer aos olhos dos leigos, no mínimo muito mais do que o seu próprio negócio, e sempre se dizia grato ao pai – avô de Marcel – por tê-lo incentivado a guardar em casa tudo que achasse que poderia ter valor e obrigá-lo a visitar museus e lojas de antiguidades pelo menos duas vezes ao mês.

Depois de ficar viúvo, ao final da Segunda Guerra, Paul espalhou a coleção por toda a casa e aumentou ainda mais a quantidade de "cacarecos" – palavra de Marcel. Não havia espaço em branco nas paredes, e circular pelos três cômodos ficava cada vez mais difícil. Marcel lembra do cheiro de cada cômodo, definido pelo tipo de mercadoria predominante nele. Baixinho como Marcel – eram uma família de baixinhos, me contou –, Paul mantinha duas escadas permanentemente abertas, uma na sala, outra no dormitório do filho, para poder mover os objetos, trocá-los de lugar, incluir novas aquisições, tudo de imediato, quando bem entendesse.

O irmão mais velho de Marcel, que desde muito cedo morava com um tio em Marselha – meu amigo nunca soube exatamente o porquê –, pouco ia a Paris, mas Paul, mesmo quando o primogênito já estava adulto, sempre o ajudava financeiramente, com pelo menos três ou quatro remessas de dinheiro por ano. Mesmo depois de ter deixado a casa dos pais, Marcel também recebia essa ajuda, que o pai lhe proporcionou durante muitos anos sem que ele pedisse. A poucos meses da morte de Paul, no começo dos anos 1970, Marcel, que vivia viajando e também não encontrava o pai, foi visitá-lo perto da época do Natal e ficou espantado: a casa estava completamente vazia. A coleção, com centenas e centenas de objetos os mais disparatados, tinha desaparecido completamente. Só então ele entendeu, como lhe confirmou Paul em seguida, que o dinheiro que este mandava para os filhos advinha da venda regular que ele passara a fazer dos objetos nos últimos anos, desde a viuvez, desfazendo-se de uma coleção da vida inteira. Paul morreu dois meses depois dessa visita, tendo à cabeceira do criado-mudo um único objeto: o porta-retratos com a imagem de Nadine, a mãe de Marcel.

Anoitecia. Marcel propôs mais um café enquanto se dirigia ao quarto, de onde voltou com o tal porta-retratos, deixou-o sobre a mesa de centro e, a caminho da cozinha, comentou:

— Essa foi a minha herança, Jorginho.

Fiquei pasmo. Nadine era inteiramente ele, ou o contrário: ele era a cara de Nadine, que aparecia na imagem de pé, sorridente, uma touca na cabeça, visivelmente à porta do estabelecimento da família, de olho no fotógrafo, mas apontando para uma pequena placa com os dizeres: *Retouches Durcan – madames, monsieurs, enfants*. Com efeito, o mesmo olhar, os mesmos traços rígidos na composição do rosto ovalado, as sobrancelhas formando a letra "v" com a base logo acima do nariz. Mais do que a fotografia e o porta-retratos, o que eu entendia por herança, ali, eram aqueles traços. Não me contive:

— Puxa, você é a cara dela, Marcel.

Servindo novas xícaras de café, ele aquiesceu:

— Sempre procurei negar isso, sabia? Mas com o passar dos anos essa semelhança só aumenta. Como minha mãe morreu cedo, acho que não tinha nem cinquenta anos, Jorginho, olhar para ela sempre foi quase como me ver no espelho.

Acendeu um cigarro, deu uma longa baforada e complementou sorrindo:

— Acho que por isso é que deixei esse cavanhaque se formar, logo depois da adolescência, era para me diferenciar dela, não é?

Pegou o porta-retratos e saiu para levá-lo de volta ao quarto. Bebi uns goles do café e pensei na capacidade de recuperação que ele tinha. Marcel retornou à sala e nossa conversa prosseguiu por mais meia hora, sem um foco preciso. Prestei muita atenção nos olhos dele. Pareciam alegres. Eu tinha dali a uma hora um encontro com Mariana, então nos despedimos com ele dizendo:

— Você tem de saber aproveitar a vida quando as coisas vão bem. Desfrutar esses momentos, porque depois nunca se sabe, não é verdade, Jorginho?

... mesmo diante das maiores tragédias, eu pensei no elevador, complementando ao meu modo a frase dele, para pouco depois, já debaixo da água do chuveiro, raciocinar que, na verdade, minha mãe também é como ele, embora eu nunca tenha dado importância, ou não tivesse jamais observado isso. E só agora, na verdade, tendo conhecido com Marcel um pouco melhor o teor desse substantivo ("resiliência"), creio que entendo por que ela quis tão rapidamente se casar e vir morar com meu pai em São Paulo. Eles sempre evitaram falar sobre esse assunto, mas eu sei – e foi Suzana que descobriu isso, segundo me contou anos atrás, em conversa com uma prima gaúcha – da história de minha avó: já viúva, morava ainda no Bom Fim, em Porto Alegre, no sétimo andar de um prédio dos anos 1950, um dia subiu na muretinha do terraço para limpar o vidro lateral e despencou. Na calçada, a flanela, pelo que se contou depois, segundo Suzana, estava presa ainda à mão esquerda dela.

Nossa prima ouviu da mãe, minha tia, que a queda não foi acidental, que minha vó vinha se sentindo deprimida havia vários meses e dera sinais de que um dia se despediria de vez. Como não houve bilhete nem carta, nada pôde ser provado, e foi por isso, ainda segundo essa prima, que o enterro dela aconteceu no lugar normal e não na área do cemitério reservada aos suicidas. Mais recentemente, com a morte estúpida de Suzana, essa questão da "resiliência" voltou a se postar diante deles – de nós, a bem dizer – de forma mais intensa no próprio hospital – creio que já tinham visto e entendido o que eu ainda não vira, não entendera ou me recusava a ver e a entender –, naqueles mesmos momentos em que eu, com efeito, parecia vagar a esmo, o olhar vidrado, como um mergulhador em busca de sinais, indícios, nas profundezas de um lago escuro com no máximo dez centímetros de visibilidade, e que, na maioria das vezes, acaba não encontrando nada.

20

Conheci muitos anos atrás, durante uma viagem com minha família a Campos do Jordão, um mâitre de restaurante com quase oitenta anos de idade que participava de corridas de longo percurso, inclusive a famosa maratona de Nova York, tendo até mesmo conquistado várias medalhas na categoria, é claro, de seniores. Foi essa figura que me veio à mente em vários momentos, nos dias seguintes, quando Marcel entrou em uma espiral de ideias para abrir algum negócio próprio, como se participasse de um concurso de empreendedorismo para idosos.

O primeiro plano que ele me expôs foi de transformar em documentário as filmagens que fez na manifestação de junho em São Paulo, junto com as fotos de Mariana. Pediu minha opinião, eu achei uma ideia excelente, precisaria falar com ela, é óbvio, mas tinha certeza de que concordaria com o projeto. Marcel deixou claro que sem a minha ajuda, a concretização da ideia seria impossível, pois ele não tinha contato com ninguém, seja para financiar a produção, seja para divulgar o filme na imprensa ou obter alguma sala para exibição. Não tive nem tempo de expor a proposta a Mariana: no dia seguinte, ele me ligou dizendo ter desistido do documentário, sem me dar nenhuma explicação. Entendendo que meu amigo, naqueles dias, precisava alimentar alguma expectativa de futuro, perguntei:

— E se a gente pegasse o filme de Rachelyne de volta e fizesse uma cópia para exibir em algum lugar aqui em São Paulo? Ou então você podia fazer um pequeno livro, uma reportagem, sobre ela? É uma história linda, não?

— Jorginho, não te parece evidente que não podemos chamar a atenção sobre ela? O melhor seria desaparecer de vez com esse filme, ou simplesmente queimar. Um dia ainda vou ter coragem para isso.

E logo emendou uma outra ideia: abrir ou entrar como sócio em um sebo. Fizera amizade com o proprietário de um que existe na região da Vila Buarque, e acreditava que seria capaz de convencê-lo da ideia. Marcel não tinha dinheiro sobrando para uma empreitada como essa, mas sua estratégia era levar o livreiro a abrir um setor "forte" – palavra dele – de literatura estrangeira, principalmente francesa, da qual ele cuidaria. Eu não disse nada, mas esse plano me parecia tão estapafúrdio economicamente que cheguei a me perguntar se meu amigo não estaria delirando, brincando ou entrando em uma fase, cujo final eu não teria como antever, de descolamento da realidade. Em menos de vinte e quatro horas, porém, ele próprio voltou atrás e, como no caso do documentário sobre as manifestações de junho, descartou a possibilidade.

Muitas outras propostas procuravam se enxertar na cabeça de Marcel. Ele me dava conhecimento delas e, pouco tempo depois, vinha a subsequente e quase imediata desistência. De tal forma que comecei a entender que tudo aquilo, ao lado da barba, que eu já vislumbrava cada vez mais próxima da barba do Moisés bíblico – ao menos na imagem que eu construí para mim do homem dos dez mandamentos desde os primeiros anos de escola –, fazia parte da "resiliência", da incorporação da nova situação em que ele se encontrava, sem a companheira de mais de quarenta anos, sem ninguém – a não ser o gato Zeca e, em certa medida, eu. Esse raciocínio fez aumentar ainda mais a admiração que aprendera a ter por ele, mas, ao mesmo tempo, passei a sentir uma necessidade de protegê-lo. Era algo inaudito em mim: com pouco mais de trinta anos, pensar em assumir os cuidados de um senhor que poderia ser – e como eu gostaria que também fosse! – o duplo de meu avô.

21

Depois de cruzar com Marcel no hall do prédio quando eu voltava de um almoço na padaria, no começo da tarde de um sábado, semanas atrás, resolvi dar meia-volta e segui-lo, como se temesse por alguma coisa. Pois o seu olhar me pareceu furtivo, e a maneira como me cumprimentou denotava uma pressa que eu não conhecia nele. Avançou até a Dona Antônia de Queirós, cruzou a Augusta, pegou a Frei Caneca à esquerda e logo entrou à direita para descer a rua Paim, e eu o acompanhei nesse percurso sempre na calçada oposta, um pouco atrás. Dois quarteirões abaixo, havia um pequeno sebo, que eu não conhecia. Fiquei aliviado – afinal, comprar livros numa tarde de sábado é um programa mais do que saudável, embora absolutamente antiquado – e também curioso em saber que tipo de livro Marcel compraria àquela altura. Interroguei-me também se ele não estaria pensando em retomar a ideia de ter o seu próprio sebo e o quanto isso certamente traria de positivo. Mas ele não entrou na livraria, e sim em uma porta de vidro fumê encimada por um fio de neon vermelho que havia logo depois dela. Deixei passar alguns segundos, me aproximei do local e avistei na parede direita do corredor uma pequenina placa dizendo "Quarto para rapazes" e, em letras menores ainda, "Massagens".

Voltei para o outro lado da rua. Encostado em um muro cheio de pichações, imaginei-o deitado em um recinto minúsculo e mal iluminado sobre uma cama estreita ou uma esteira qualquer, com sua barriguinha protuberante para cima sendo acariciada por uma massagista que obviamente, a pedido e contra pagamento dele, não se limitaria a essas, digamos assim, preliminares. Imaginei-o, por sua vez, saboreando o prazer que a moça ou a senhora estaria sentindo ao roçar no corpo dele, o mesmo prazer que ele, ao menos na sua divagação por mim imaginada, propiciara, jovem, na França, a tantas moças; imaginei também que ele buscava adivinhar a beleza dos seios dela por trás de uma camiseta talvez vermelha, um gozo oculto nas expressões da face, nos olhos dela, uma gueixa, uma princesa africana, uma deusa oriental – a cabeça de Marcel girava dentro da minha imaginação –, embora ela pudesse estar na realidade fazendo as contas de quantos clientes havia atendido até aquele momento naquela semana, naquele mês, e quantos faltavam ainda para dar conta das despesas da casa, do material escolar dos três filhos e da sopa requentada da mãe inválida.

Mas a minha reação imediata após essa prolongada viagem imaginária foi ambígua. Um amontoado de sentimentos contraditórios que disputavam lugares em um pódio abstrato, e eu tinha dificuldade de hierarquizá-los, embora seja possível, aqui, ao menos dividi-los em dois grupos.

Por um lado, uma repulsão, quase uma raiva: Rachelyne tinha acabado de morrer, aquilo não era justo com ela, com a memória dela, ele bem poderia esperar mais tempo para se entregar a prazeres desse tipo; e mesmo isso, essa entrega, em si mesma, me pareceu decepcionante, abaixo da concepção que eu tinha de Marcel, algo que não combinava com a grandeza da sua figura tal como ela se desenhara até esse momento na minha cabeça, inclusive com base no comportamento dele no episódio de Eric Petrovich na boate, quando meu amigo, no fim das contas, se manteve calmo, não se envolveu em nada, numa atitude que julguei, então, nobre, superior, exemplar. Aquilo aconteceu apenas há alguns meses, mas à luz desta tarde de sábado pareciam anos, como se eu estivesse diante de uma outra pessoa.

Por outro lado, considerei que se tratava de um homem solitário com oitenta anos de idade e um certo gosto pelo insólito, um amante da vida, não da morte, buscando no prazer do sexo – ainda que em forma de monólogo, se posso dizer assim – justamente a vida, uma pequena alegria para o seu coração, eu diria, uma breve embriaguez, um encanto súbito e simples, tentando vencer uma fome, uma ansiedade, até mesmo uma dor, evocando na certa casos de amor anteriores, inúmeros, para satisfazer ali, naquele momento fugaz, um desejo eminentemente animal. Eu não estava diante da evidência do mal, de um perverso pedófilo, de um ex-torturador ou de um matador profissional aposentado. Certamente não. Viúvo, solitário, com uma libido aparentemente reivindicativa, era natural que recorresse a expedientes desse tipo. Além disso, ali ele não cometia crime algum, não estava fazendo mal a ninguém; não delinquia.

Todas essas ponderações mais ou menos racionais que procurei resumir e esquematizar aqui

— admito que tomado por um rompante de cunho acadêmico — se pulverizaram, no entanto, quando me dei conta de que eu nem sequer sabia se era a primeira vez que Marcel visitava esse lugar e se isso, portanto, tinha algo ou não a ver com a morte de Rachelyne; podia ser que ele o fizesse regularmente há tempos, não só com o conhecimento, mas até mesmo com o incentivo dela.

Sim, eu conhecia o casal Durcan — e Marcel, em especial — o bastante para acabar concluindo que nada do que acontecia ali deveria me surpreender. E, mesmo não sabendo de todos os seus segredos, eu teria de ser muito estúpido para não imaginar que aquelas duas pessoas, na idade delas, tendo tido as vidas que tiveram, tendo morado onde moraram, tendo passado por tantas dificuldades e aventuras que eu certamente jamais passarei na minha vida, eu teria de ser muito estúpido para, no fundo, dar alguma relevância para tudo aquilo ou para achar que eles não tirariam de letra, como se diz, um episódio como esse. Embora nunca tenhamos falado muito sobre nossas respectivas intimidades físicas, lembrei-me de uma vez em que, quando não sei por que resolvi comentar com ele a paralisia sexual de que eu estava acometido havia alguns anos e que me parecia agora em processo de desaparecimento – ou cura –, Marcel fez um claro elogio do que chamou então de onanismo:

– Faz parte de nós, Jorginho. É o nosso corpo. Você só precisa saber usufruir desse exercício calmamente, sabe, fazer devagarinho, às vezes até sem fantasiar, só sentindo a carne, deixando criar uma defasagem, entende?

– Defasagem?

– Entre o orgasmo, que vem de dentro da cabeça da gente, e o gozo, que sai debaixo da gente, entende?

– Entendo.

Ele já tinha bebido umas boas taças de vinho àquela altura e parecia gostar do assunto.

– Você não pode desperdiçar esse recurso, muito menos encarar como pecado, como me diziam na infância, entre outras idiotices.

Compreendi, ao final: a confusão que borbulhava na minha cabeça enquanto me apoiava no muro cheio de pichações da rua Paim provinha de várias outras hesitações que nada tinham a ver com o pobre Marcel. Pudor? Moralismo retrógrado? Hipocrisia? Qual era a minha concepção dessas grandes palavras e conceitos? Qual era o meu grau de lucidez naquelas circunstâncias? Que direito tinha eu de julgá-lo? Eu mesmo, como já contei aqui, não tinha recorrido a serviços semelhantes nos últimos anos para tentar mitigar a minha penúria relacional? Não seria eu que, ao segui-lo daquele modo, estaria incorrendo em uma atitude imoral? A ideia de protegê-lo, que acredito fosse autêntica, não encobriria, por outro lado, uma espécie de voyeurismo deprimente? Eu não tinha resposta para isso, para nada disso. Não tenho, até hoje. Talvez, um dia, venha a ter.

Marcel ressurgiu vinte minutos depois na outra calçada empurrando a porta de vidro fumê e se dirigiu a um ponto de ônibus, mais abaixo, já avançando rumo à Nove de Julho. Continuei atrás dele, no mesmo muro. Acendeu um cigarro – seria para confessar algo a Rachelyne, por intermédio da fumaça, sobre o que tinha acabado de fazer? –, sentou-se sob o abrigo, e eu vi como passava a mão esquerda na parte da frente da calça, para ajustar as coisas embaixo e verificar como estava a situação. Chegou a abaixar a cabeça, inclinando-se para ver se a região ali não estava manchada. Ficou sentado se apalpando, coçando um pouco a barba, fumando, examinando-se, por cerca de dez minutos, sem dar atenção para um ou outro ônibus que passava, tampouco para uma ou outra pessoa que se aproximava para aguardar a condução.

Minhas interrogações não se desfizeram diante desse quadro, mas pelo menos uma coisa ficou clara: senti dó de Marcel – é estranho, mas isso realmente aconteceu – e, ao mesmo tempo, compreendi que raras vezes eu havia tido, como agora, a oportunidade de ver diante de mim, colado ao meu dia a dia, um homem tão transparente em sua humanidade complexa. Mais do que isso: é muito provável que, na verdade, eu é que acabava de aprender, ali na calçada, a enxergar essa humanidade em alguém com toda a sua devida intensidade. Como se Marcel constituísse, à sua revelia, um laboratório para mim e eu vivesse a minha vida por meio da vida de outros, mais especificamente, a dele.

Mas, de repente, ainda ao lado das pichações, ficou claro, também, o quanto eu estava cansado dessa existência permanentemente experimental. Era como se me escondesse de mim, e ela – a vida de Marcel, as coisas que ele fazia – fosse um biombo e ao mesmo tempo uma tela de cinema: proteção e projeção, distância e fantasia. E eu, enquanto isso, assistia ao espetáculo parado, dando asas à imaginação, como se diz, porém inerte, submerso pela minha já insuportável capsulite mental. Talvez tenha sido essa conclusão que acabou por reforçar ainda mais a minha admiração por Marcel – pois foi esse o sentimento que passou a predominar logo em seguida, enquanto ele, depois de jogar a bituca do cigarro na sarjeta, já subia de volta lentamente a rua Paim e eu o acompanhava um pouco atrás na calçada oposta. Se a ida à casa de massagens o humanizara diante dos meus olhos – mais ainda do que o seu gosto pela "bricolagem"–, provocando tantas sensações turbilhonadas e me obrigando a forjar uma lucidez que, me arrisco a dizer, constitui um belo passo à frente no meu oscilante amadurecimento, eu certamente só tinha de ser grato, mais uma vez, ao meu vizinho do andar de cima.

Chegando ao hall do prédio poucos segundos depois dele, chamei-o e me apresentei como se não o visse há dias, batendo continência: eu soldado, ele coronel. Foi uma pequena brincadeira que me vi levado a fazer por intuição, queria alegrá-lo, creio, pedir desculpas de alguma forma pela torpeza dos meus pensamentos no muro das pichações, ainda que ele, é claro, não tivesse nenhum conhecimento deles. Seus olhos estavam mais escuros, talvez turvos, mas isso podia ser mero efeito da luminosidade esfarelada desse nosso hall.

— Tudo bem, Marcel?

O elevador chegou logo, poupando-o de uma resposta positiva — pois duvido que ele simplesmente dissesse "não, não está nada bem, Jorginho", sem logo propor uma conversa longa — e, portanto, creio eu, mentirosa.

— Aceita um café, Jorginho?

— Por que não?

Assim que entramos no apartamento, ele pediu um minuto para ir ao banheiro — certamente foi conferir mais uma vez os vestígios da visita à rua Paim. De volta à sala, abrindo os braços em direção àquele amontoado de objetos já bastante familiar para mim, dirigiu-me um olhar que eu só conseguiria classificar — dados o seu brilho, sua carga imemorial, sua limpidez, sua profundidade, seu magnetismo, sua intensidade, sua, por que não?, ingenuidade cor de castanha — como um olhar radical e definitivamente bondoso, e anunciou:

— Isso tudo aqui, Jorginho, vai ficar para você. Já é seu. Conversei bastante com o Zeca, e ele está de acordo. Foi o que decidimos, eu e ele. Quer fazer um contrato ou não é preciso?

O impacto da notícia foi tamanho que, enquanto o gato roçava as minhas pernas, apenas murmurei:

— Entendo.

— Então fica combinado. Bem, agora preciso tomar um banho e tocar a vida, Jorginho. O café fica para outro dia. Quero ver se hoje acabo de ler um romance que já me perturba a cabeça há meses. Preciso me livrar dele.

Deu um sorriso, e eu murmurei de novo:

— Entendo.

No elevador, considerei que me prometer uma herança como aquela de uma hora para outra também poderia fazer parte da infindável lista de planos inviáveis e logo engavetados de Marcel. Como saber? De todo modo, era de novo, especulei, a tal "resiliência" — ou, quem sabe, uma espécie de imunidade de ordem psicológica gerada por alguma vacina tomada muitas décadas atrás e à qual ele recorria sempre que necessário. Mas isso não foi o mais importante ali, e sim o sentimento de gratidão que começou a crescer ainda mais e a ocupar de vez a minha cabeça, assim como, ao entrar no meu apartamento vazio — sem "cacareco" algum —, a subsequente certeza de que eu estava pronto para alguma coisa nova.

22

Ao comentar a facilidade que Marcel sempre teve para conhecer pessoas novas, Rachelyne disse, em um dos nossos jantares, que uma mulher deveria sempre se interrogar sobre a masculinidade de um marido que não tivesse pelo menos um amigo homem. Achei essa observação um tanto antiquada, pois sei que a noção de masculinidade e sua relação com a sexualidade têm sido embaralhadas enormemente nos últimos anos, mas confesso que, na ocasião, ela me deixou intrigado. Nenhum sinal de ordem física jamais frutificou em mim que pudesse levar a esse tipo de interrogação. O fato, porém, é que, com a exceção do próprio Marcel, eu não tenho amigos. O único que poderia figurar em uma eventual lista – e figurou, efetivamente, até cinco anos atrás – é Walter (aquele mesmo, que me iniciou na prática da masturbação), mas ele vive hoje na Carolina do Norte, onde engatou uma bela carreira acadêmica como matemático, e nem eu nem ele soubemos preservar a amizade por Skype, se é que isso é possível.

Essa questão se reapresentou quando Mariana me telefonou há um mês, ao final de um dia de folga que eu passei todo o tempo dormindo, para confirmar que está grávida. Pois eu não tinha ninguém para falar, ninguém para chamar, para beber alguma coisa ou trocar ideias, para entender a minha própria reação diante da notícia, do fato, da realidade, enfim. Suzana, minha irmãzinha, não existia mais. Marcel, eu acreditava, ainda vivia a perda de Rachelyne, e não me parecia decente aparecer com uma notícia dessas na frente dele. Pensei em comentar com o barbeiro Girafa, mas, apesar de imaginá-lo sem dúvida sábio em relação a vários aspectos da vida, um encontro como esse não me parecia capaz de me levar a um aprofundamento dos meus sentimentos – já que eu não saberia me abrir para ele. Obviamente falaria com meus pais, mas isso tinha um outro significado, e eu não lhes faria o anúncio de imediato, antes de ter ruminado o assunto comigo mesmo, pois o mais provável é que, não sendo eu casado – nem com casamento à vista – e, pior, sendo Mariana *goy*, uma não judia –, a reação deles, eu não tinha dúvida, não seria das mais pacíficas. À parte o luto ainda vivo

— na verdade, indelével — que viviam por causa da morte de Suzana.

Minha indecisão durou algumas horas. Passei boa parte delas no banheiro me olhando no espelho, demoradamente. Queria falar comigo mesmo. Buscava rugas precoces. Franzia a testa. Aproximava os olhos ao máximo para tentar ler alguma coisa escondida dentro deles. Em uma espécie de delírio ou viagem alucinógena, cheguei a enxergar, ali, o rosto do meu futuro filho, ou filha. Por fim, esfreguei e lavei o rosto com força. Saí do banheiro e, súbito, senti um contentamento inédito ao entender que eu tinha, sim, uma pessoa a quem recorrer naquela circunstância. Telefonei para Marcel.

Era finalzinho de tarde, e ele, mais uma vez, queria descer para o meu apartamento. Mas eu, talvez ansioso demais e por isso desejoso de manter um mínimo de controle sobre a nossa iminente conversa — pois quando ele aparecia em casa, a pauta era sempre determinada pela sua cadência, pelos seus assuntos, pelas suas curiosidades —, propus nos encontrarmos em outro lugar. De todo modo, nos falaríamos só dali a quarenta ou cinquenta minutos, pois ele precisava retirar uma bota no sapateiro que fechava em vinte minutos.

Passada quase uma (longa) hora, estávamos sentados no hall do prédio e lhe contei da gravidez de Mariana. Pedi desculpas por falar sobre isso tão pouco tempo depois do "desaparecimento" de Rachelyne. Tentei lhe explicar que havia em mim uma mistura de euforia e caos (minha mente estava como o cenário de uma feira livre que começa a ser desmontada, aquele momento em que os feirantes continuam a gritar todos ao mesmo tempo, não mais para atrair fregueses com suas ofertas e sim apressados e afoitos para acelerar a desmontagem de suas barracas em meio à xepa e a seus pequenos caminhões, peruas ou caminhonetes), e dos planos que surgiram na minha cabeça desde que recebera a notícia: fazer um acordo na revista, pegar meu Fundo de Garantia, quem sabe mudar de cidade. Mariana fala bastante de Itu, que ela conhece bem: a família tem há muitos anos uma casa de veraneio em um condomínio a poucos quilômetros do centro, diz que não seria nenhum absurdo pensar em abrir um pequeno negócio ali, um laboratório fotográfico, uma papelaria, até mesmo um sebo em homenagem a Marcel. Ser dono do meu nariz, essa é a questão. Mas isso tudo seria mais para a frente. Antes tenho de me mudar para a casa dela – um apartamento bem maior do que o meu, para termos o filho, ou filha ali.

Tudo isso eu fui falando para Marcel, e, ao mencionar o último ponto, o fiz cautelosamente, pois tinha certeza de que ele sentiria um forte impacto com a nossa separação física. Cheguei até mesmo a dizer, sem que ele tivesse me perguntado nada, que pensava em visitá-lo regularmente e que fazia questão de que conhecesse o meu novo apartamento e comparecesse à maternidade. Pensei em lhe dizer também o quanto Mariana apreciava a relação dele com os objetos e com as filmadoras em especial e que certamente quereríamos no futuro fazer alguma coisa juntos. Pensei em lhe dizer que gostaria que meu filho ou filha se chamasse Marcel ou Marcela, mas, não sei bem por que – talvez porque não tivesse combinado nada disso com Mariana, talvez porque temesse ser levado por um impulso do qual mais tarde poderia me arrepender –, guardei para mim esses detalhes, na verdade desejos meus não obrigatoriamente autênticos, acredito, mas, em tese, consoladores para ele. Em vez disso, porém, na ânsia de agradar-lhe de forma mais simples e direta, eu disse:

— Acho que vou deixar crescer um cavanhaque como o seu.

Nenhum músculo se moveu no rosto de Marcel, que ficou em silêncio por alguns (longos) segundos. Inseguro, eu tentava adivinhar a sua reação, quando ele finalmente abriu um sorriso largo e ao mesmo tempo trêmulo, que eu jamais havia visto. Os olhos, normalmente recolhidos, pareciam duas bolas de gude prestes a despencar no piso de pedra mineira. Não entendi, ali, se ele aprovava ou não os meus planos — e a gravidez. Apertou o meu antebraço com as duas mãos, tirou do bolso sua agendinha preta, abriu, leu alguma coisa e, dando um tapa leve na própria testa, disse:

— Opa, preciso comprar cerveja e pão na padaria.
— Entendo.
— Quando você se muda, Jorginho?
— Daqui a duas ou três semanas, por aí.
— Já? E o aluguel?
— Vou passar para um colega da revista.
— Muito bom. Muito bom.

Socou de leve o meu joelho esquerdo, levantou-se, deu uma volta sobre o próprio corpo e saiu para a rua como se não tivesse recém-chegado dali, ainda com a sacola do sapateiro na mão, balançando o corpo como um moleque de catorze anos e de longos cabelos brancos. Esperei que avançasse algumas dezenas de metros na calçada e passei a segui-lo, sem saber exatamente por quê. Era como se tivesse medo de perdê-lo, acho. Ou, mais uma vez, de que se perdesse e eu pudesse me sentir de alguma maneira responsável por isso.

Marcel não entrou na padaria. Acendeu um cigarro e virou uma esquina. Esperei um pouco, e virei também. E assim o segui, sim, mais uma vez, a distância, até constatar que ele dera uma volta no quarteirão para, vinte minutos depois, entrar, sim, na padaria e logo sair dali com uma sacola parecendo conter cerveja e pão, e retomar o caminho do nosso prédio, não sem antes entrar em um pet shop, do qual saiu, na mão esquerda, com um pacote de ração para gatos. Senti um alívio, uma espécie de contentamento, como se tivéssemos fechado um ciclo juntos. Tive a impressão de que eu estava leve, essa é a verdade, talvez até mesmo feliz – isso existe? –, quase lhe agradecendo a distância por ele ser como é e por tê-los conhecido – os Durcan. Foi daí, nesse momento, que surgiram para mim a ideia e o desejo de contar esta história, como uma pequena homenagem a Marcel e Rachelyne.

Depois que ele passou pelo portão do condomínio, avançou lentamente ao lado da trepadeira selvagem e chamou o elevador, eu estava ainda na calçada quando meu celular tocou. Era Mariana ligando à saída da consulta médica, como havíamos combinado, para acertar os detalhes do nosso jantar daquela noite para comemorar a consolidação cientificamente comprovada da "nossa" gravidez.

— Marcel me disse outro dia que você é chegado numa ostra.

— Ostras? Humm... Adoro! – respondi.

Nota do narrador

Dedico estas lembranças descosidas à memória da minha amada e querida irmã, Suzana Blikstein (1986-2008).

Gostaria também de agradecer ao tradutor, meu amigo e colega de profissão Bernardo Ajzenberg por ter vertido para o português a carta deixada por Rachelyne a Marcel, bem como pelo esclarecimento de certas expressões usadas pelo casal Durcan cujo sentido não me parecia evidente. Sem o seu concurso, devo admitir, a redação deste livro teria sido, literalmente, impossível.

Nota do autor

A personagem Rachelyne Durcan é inspirada livremente na vida da francesa Marceline Loridan-Ivens, sobrevivente do campo de concentração de Birkenau-Auschwitz, que conta sua história nos livros *Ma vie balagan* (Robert Laffont, 2008) e *Et tu n'es pas revenu* (Grasset, 2015), do qual se extraiu o seguinte trecho inserido na carta de Rachelyne (página 140 do presente livro): "Não gosto do meu corpo. É como se ele ainda carregasse os traços do primeiro olhar lançado por um homem sobre mim, o olhar de um nazista. Eu nunca havia mostrado a minha nudez antes daquilo, sobretudo com a pele de menina que acabava de ver surgirem os seus seios e tudo o mais. Por isso, me despir, para mim, foi durante muito tempo algo associado à morte, ao ódio, ao olhar gélido de Mengele, esse demônio do campo encarregado da seleção, que nos fazia dar uma volta com o corpo nu com a ponta da sua bengala e decidia quem ia viver ou não."

Marceline Loridan-Ivens mora na rue des Saints-Pères, em Paris.

Quanto à letra da famosa canção *Ich bin der Welt abhanden gekommen*, com música de Gustav Mahler sobre poema de Friedrich Rückert, com que Rachelyne encerra a sua carta, trata-se de uma tradução livre do francês.

Impressão e Acabamento:
GRÁFICA STAMPPA LTDA.